# 捨てられ騎士の逆転記！

Abandoned knight's reversal!

～女神と始めた第二の人生は伝説級の英雄だった件～

3

和田真尚

［イラスト］オウカ

# CONTENTS

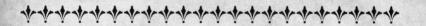

第三章

# 真犯人解明篇

Abandoned knight's reversal!

# 第一話　捨てられ騎士は拾ったものの面倒を看《み》る

拾う女神たるフィリーネがフリートラントを拾ってから三日。

夕方が近づき、厨房から食欲をそそる良い香りが漂い始めたヴァイトリング邸の食堂で、ハルダー卿が笑顔で話し始めた。

「聞いてくだされ、ヴァールブルク殿！　クラリッサ殿下のご手腕には驚くばかりです！　大変助かっておりますぞ！」

褒められたクラリッサは照れているらしく、頬を赤くし、目を伏せた。

「そ、そのようなことは……。わたくしは自分のできることを精一杯お手伝いしただけで……」

「ご謙遜を！　感心しているのは我らだけではありませんぞ？　フリートラントの官吏たちも素晴らしい指導力だと感謝しております！　殿下がおられねば、避難民の把握だけでどれだけ時間がかかっていたことか！」

ハルダー卿の称賛はなおも続く。

恐縮するクラリッサは、ますます下を向いてしまうが、客観的に見ても正当な評価と言って差し支えないだろう。

アンハルト帝国の侵攻を受け、フリートラントには多数の避難民が流入していたが、侵攻があまりに急だったため、市内は大混乱の極みにあり、避難民の正確な数が誰も把握できていなかった。

いや、避難民だけではない。そもそも、フリートラントの住民がどれくらい町に残っているのかもわかっていなかったのだ。フリートラントに集まった将兵の数はかろうじて把握されていたものの、これでは食料の必要量すら割り出すこともできない。

帝国軍の撤退で、ようやく一息つけるかと思いきや、今度は味方であったはずのハルバーシュタット王国から裏切りの嫌疑をかけられ討伐対象にされてしまい、市内の混乱には拍車がかかる一方。

フィリーネに拾われたおかげで命の危険は過ぎ去ったものの、こんな状態で見知らぬ土地――それも魔境ハルツのど真ん中に転移してしまい、混乱の終息にいったいどれくらいの時間が必要なのか、大雑把な見通しも立てられなかった。

ハルダー卿をはじめとする貴族や騎士たち、そしてフリートラントに残った官吏たちが途方に暮れる中、現れたのがクラリッサだ。

彼女は教育係のヨゼフィーネさんと協力し、避難民把握のためのマニュアルを瞬《また》く間に作り上げ、官吏だけでなく、騎士や兵士も総動員して指揮に当たった。

その結果、転移後わずか三日目にして人数の把握は完了した。それも、避難民だけでなくフリートラントの住民も含めて。

今やクラリッサの存在は、ハルダー卿たちにとって拾う女神に次ぐ第二の女神にも等しい。

というわけでハルダー卿の褒め言葉は延々と続いているわけだが、さすがにこの状況に耐えかねたのか、クラリッサがなんとかといった様子で声を絞り出した。

「わ、わたくしだけの功績ではありません……。ヨゼフィーネがいなければマニュアルなど作れなかったでしょうし、皆様のご協力がなければ――」

「まあまあ。いいじゃないかクラリッサ。褒め言葉はありがたくいただくべきだと思うよ」

「ア、アルフ様まで……」

「しっかり勉強してきたことが身についていたってことだよ。それにだ。大勢の人を動かすなんて、口で言うのは簡単だけど実際にやるのは難しい」

「そのとおりですな。何年も軍に身を置いていた我らが保証します。クラリッサ殿下は、人の上に立つ才をお持ちだ」

「ありがとうございます……」

お礼を言いつつも、クラリッサは顔を伏せたままだ。

やっぱり照れくさいらしい。

彼女の生い立ちを考えれば仕方のないことだろう。

アンハルト皇帝の娘に生まれ、幼い頃からありとあらゆる教育を受けたと聞いているけど、ヨゼフィーネさんをはじめ教育係たちは皇女を甘やかそうとはしなかった。

それは彼女の両親たる皇帝や皇后も同じだったという。厳格な教育係をつけたのも、親の欲目で甘やかさないようにと、考えた上でのことだ。

彼女の兄――現皇帝はえらく自分本位で狭量な性格の人物に育ってしまったらしく、その反省もあったのかもしれない。

そして、この二年間は講和交渉を担保する人質として王国に赴き、なにかと気苦労の絶えない生活

なった。

を送ってきた。その間、彼女の両親は亡くなっている。両親から褒められる機会は永遠に叶わなく

他人から「褒められる」ということからずいぶんと縁遠かったわけで、褒められることに対する耐性は低いらしい。

「でもしかし、皆が受け入れてくれてホッとしていますよ。クラリッサがアンハルト帝国の皇女と知られれば、どんな反応が返ってくるか……。気が気ではなかったんですが……」

「はっはっは！　ヴァールブルク殿の杞憂《きゆう》に終わりましたな！　とは申せ、我々もここまであっさりと受け入れらるとは思っておりませんでしたがね」

ハルダー卿が大きく口を開けて笑う。

フリートラントの住民や避難民が、自分たちの故郷を侵略しに来た国の皇女に危害を加えるでもなく、罵声を浴びせるでもなく、無視を決め込むのでもなく、驚くべきことに指導者として受け入れたのは、ある些細《ささい》な出来事が発端だった。

帝国がフリートラントへと迫る中、追い詰められた人々は子どもだけでも逃がそうと動いていた。

その役目を請け負ったのは商人のハンスさん。ちょっとした出来事がきっかけで、僕やフィリーネと知り合うことになった人物だった。

用意した多数の馬車に子どもたちを乗せたハンスさんは、一路、王国東部の首府たるゴスラルを目

指した。

だが、ゴスラルの守備兵たちはフリートラントに死守命令が出されたことを理由に子どもたちを町の中に入れようとせず、それどころか、フリートラントへ戻るように命じた。

切羽詰まったハンスさんが藁《わら》にも縋《すが》る思いで拾う女神の祠《ほこら》に祈った結果、子どもたちは「捨てられし者」と認定され、フィリーネによって拾われることとなった。

こうして「魔境ハルツ」にやってきた子どもたちは、クラリッサやヨゼフィーネさん、侍女のマリーたちの手によって面倒を看られることとなった。

詳しくは知らないが、子どもたちはマリーに姉のように懐《なつ》き、ヨゼフィーネさんを教師のように慕い、そしてクラリッサには——なぜか絶対服従を誓った。

フリートラントの戦いを終えて帰ってくると、そこには忠実な一個大隊が出来上がっていた。

近衛兵《このえへい》もかくやあらんというべき規律正しい子どもたちがそこにはいたんだ。クラリッサの一挙一動に目を光らせ、一言一句に耳を大きくする子どもたちが……。

本当に、一体全体何がどうしてこうなったんだろうね？

クラリッサは声を荒らげることもなければ、まして暴力を振るうなんてこともない。ただ懇々《こんこん》と言い聞かせているだけに見えたんだけど……。

マリーやヨゼフィーネさん、ヴァイトリング家に仕える執事のヘンリック一家に尋ねても言葉を濁すだけ。

彼女ら彼らが繰り返したのは、

「親から引き離されて不安の中にいる子どもたちが、心を乱すことなく生活できてよかったじゃありませんか？」

「これで丸く収まりました。これにて世はすべてこともなし。どうしてほじくり返す必要がありますか？」

などといった意見。

……………うん。わかったよ。

そんなに必死そうに訴えるのは止めてくれ。世の中には知らないほうがよいこともあるって、そういうことなんだろう？

こうして、真実追求の試みは断念することとなった。

というか、子どもたちに加えてフリートラントが丸ごとやってきた段階となっては、クラリッサの存在を濫《みだ》りに公にはしないほうがよさそうだ。

なにせフリートラントには、帝国と一戦に及んだ将兵や、故郷を追われた人々が群れ集まっている。

帝国の皇女がいると知られれば、どんな混乱が引き起こされるかわかったものではない。

クラリッサ本人はもとより、エルナ、マリー、ヨゼフィーネさん、ハルダー卿、弟子のギュンター、そして炎龍のジークムントと、主だった面々にはそのことを説明し、身分を明かすのは時期を見て、という話になったのだが………。

残念ながら、僕の目論見《もくろみ》はもろくも崩れ去った。

親と再会した子どもたちの口まで閉ざすことはできなかったからだ。

クラリッサの前では忠実な兵士だった子どもたちも、親の前ではあっという間に本来の姿へと戻ってしまったのだ。

それも仕方のないことだ。クラリッサのおかげで制御できていた感情も、親の姿には勝てなかった。

そういうことだろう。

抱き合って再会を喜ぶ幾組もの親子の姿は、見る者の涙を誘わずにはいられない。

そこで終わればよかった。

めでたしめでたしで済んだ。

だが、それでは終わらなかった。

子どもたちは自分たちが世話になった人々のことを、こんな言葉とともに口々に話したのだった。

マリー――可愛くて優しいお姉ちゃん。
ヨゼフィーネさん――ちょっとツンとしてるけど優しいお姉さん。
ヘンリック――料理の上手な優しいおじさん。

クラリッサ――――我らが親愛なる大隊長殿。

何もそんなところだけ忠実な兵士に戻らんでもいいだろうに……。

我が子からこんなことを聞かされた親たちは一様にギョッとした。当たり前だ。子どもの口から出るような言葉じゃない。

ただし、おかしな言葉を口にしてはいるが、本来の姿に戻った子どもたちの様子がおかしいわけでもない。むしろ、フリートラントで別れる前よりたくましく、しっかりしているように思えてならない。

女の子のスカートめくりばかりしていたイタズラ小僧まで、もうあんな恥ずかしい真似はしないと、真剣な顔で言うのだ。

親たちはこう考えた。

きっと、大隊長とは名のある騎士様なのではないか？

立派な騎士様が子どもたちの面倒をみるついでに、騎士流のしつけを叩き込んでくださったのではないか？　と…………。

こうして親たちは、「名のある立派な騎士様」にお礼を申し上げるべくヴァイトリング邸へと押しかけ——結果、クラリッサの存在を隠すことはできなくなってしまったのだ。

事ここに至っては、下手な嘘は下策《げさく》。

正直に話し、その上で両者の接触をなるべく断つしかない。

そうしなければ、無用な衝突を生んでしまう。

事情を知る者は、誰もが事態を危惧した。

ところが————、

「皆聞きなさい！　このクラリッサはね、実のお兄さんから命を狙われたの！　かわいそうすぎると思わない⁉ それでね？ 瀕死《ひんし》の重傷でいるところをこの私……そう！ 拾う女神たるフィリーネが拾ったの！」

――と、クラリッサ本人が口を開く前にフィリーネが事情を明かし、事の仔細を鼻高々と話し始めた。自分の力をしっかりアピールしておきたいらしい。女神として信者を増やさないといけないからな。

フィリーネはそれでいいにしても、こちらとすれば「しまった！」と思ったね。

あの口が軽くてお調子者の女神に言い含めておくのを忘れていた！ って。

事前に考えていた段取りはすべて吹き飛び、どうやって挽回しようかと焦る僕たちだったが、親たちは意外な反応を示した。

曰《いわ》く、拾う女神様が拾ったくらいなら悪い人じゃないのでは？

曰く、子どもたちが懐くぐらいなんだから悪い人じゃないに違いない。

曰く、拾う女神様のおっしゃるとおり、実の兄に殺されかけるなんてお姫様がかわいそうだ。

曰く、そういえば、お姫様が人質にやってきたとき行列を見た。

曰く、人質にされた上に命を狙われるなんてお労《いたわ》しい……。

――――などなど。

クラリッサに対する同情論が広がり、帝国の皇女を責め立てるなどという空気は広がる余地もなかった。

自分たちを救ってくれた女神様がおっしゃるのだから、というのもさることながら、貴種流離譚《きしゅりゅうりたん》というのは人々の同情を買いやすいのかもしれない。

なにはともあれ事態は解決。

その後、クラリッサ本人が自分にもできることを手伝いたいと申し出て、フリートラントを巡る問題が明らかとなり、その解決策を提案。さらには実行の先頭に立ち、今に至る――というわけだ。

今や、クラリッサに対する評価は単なる同情論を超えている。統治者として信頼が高まっているんだ。特に、彼女と間近に接した騎士や官吏の信頼は非常に高い。

フリートラントは市長や高級幹部が町を捨てて我先に逃亡しているからな。彼女を代わりの市長にと推す声も一部では挙がり始めているとか。さすがに気が早すぎる話だけど、クラリッサなら適任かもしれない。

「さて、ところでクラリッサ。フリートラントに残されたのは結局何人になったかな？」

「あ……、は、はいっ！　少しお待ちください……」

クラリッサは手にした書類綴りから、すぐさま一枚の紙を取り出した。

「元からのフリートラント住民が約五千人、他所からの避難者が約一万人、兵士が約四千人。合わせて一万九千人ですわ」

「フリートラントの人口は元々六千人ほどでしたな。六千人を収める容量しかない町に三倍の一万九千人が詰めかけておるのです。住居にせよ、食料にせよ、手当に難儀しますな……」

「住む場所に関しては、城にも入ってもらっているんだろ？」

魔境の中心部に建つ城――これもフィリーネが何処かから拾ってきたものだが、軽く見積もってフリートラントの十倍はありそうな広大な城だ。

外郭を取り囲む城壁も単なる石造りの壁ではなく、内部は兵舎のような造りになっており、一万人の避難民くらいなら十分に収容できそうだ。それも、一家族に一部屋を割り当てる程度に余裕がある。

ちなみに、ヴァイトリング邸はこの城の主郭にある中庭に転移しているが、城壁に辿り着くまで半時間近くかかる。

これだけ見ても、城の広さがわかろうというものだろう。

「住居の手配には目途《めど》がつきましたわ。ですが、食料だけはどうにもなりません。フリートラントに残された分をかき集めても、おそらく十日ももちませんわ」

「しかし、この地には畑もない。城の近くにある森で採集や狩猟はできましょうが、二万近くの腹を満たすにはとても足りぬ……。女神様の奇跡を以《もっ》てすればどこかで拾ってくることも……いや、それは虫のよすぎる話ですかな……」

「いや、そうでもないかもしれませんよ？」

「は？　と、おっしゃると？」

「フィリーネの祠なんですが、一度使った祠は何度も行き来することができるんです。フィリーネがいないと使えないって欠点はありますけどね。ハンスさんから食料を買い付けて、祠から運び入れるんです」

「なるほど……。いや、しばしお待ちを。フリートラントには大した資金は残っておりません。大量の食料買い付けにはとても……。いくら顔馴染みのハンスとはいえ、ただで食料を売ってくれなどと

「……」

「ああ。それならご心配なく。実は買い入れるのに十分な蓄えがあるんです」

僕がそう言うと、ハルダー卿は怪訝《けげん》そうな顔で部屋の中を見回した。

お世辞抜きにしても、ヴァイトリング邸は質素としか言えない屋敷だからな。とても二万人分の食料を買えるだけの蓄えがあるように思えない。その一方、クラリッサは「あれを使うのですわね？」と訳知り顔だ。

と、その時――――。

コンコン。

食堂の扉を叩く音。

どうぞと告げると、小さな木箱を抱えたエルナが姿を見せた。えらく重そうだ。

「お待たせ、兄様」

「すまなかったね。ハルダー卿にお見せして」

エルナが食卓の上に木箱を置く。「ゴトリッ」と重い音が鳴った。

「ヴァールブルク殿？　この木箱はいったい？」

「まあまあ。どうぞ中身をご覧になってください」

ゆっくりと蓋を開ける。ハルダー卿が「なっ……！」と息を飲んだ。

「な、なんと！　この金貨は……！」

「炎龍たちがくれたものですよ。僕に仕えるに当たっての手土産……みたいなもので」

「手土産？　この手のひら大の巨大な金貨が？　こんな金貨は見たこともないが……。待てよ？　この刻印は………も、もしや っ！　アンハルト帝国が四百年前に鋳造したグルデン金貨⁉　歴代の金貨の中でも特に金の含有量が高く、しかも巨大な硬貨であることで有名な代物ではありませんかっ⁉」

炎龍たちはどこでこれをっ⁉」

「たしか、人間からの貢《みつ》ぎ物だって言ってたかな？　炎龍討伐にやってきた人間を何度も返り討ちにしたそうなんですけど、彼らの報復を恐れた当時の人々が許しを乞うために持参したらしいですよ？」

「なんと……」

「これでもほんの一部ですけど、二万人分の食料を買い付けるには十分すぎるでしょう？」

「一部⁉　これで一部なのですか⁉」

「ええ、まあ。このグルデン金貨以外にも古代の金貨が大量にありますし、炎龍討伐の人間が遺した希少な武器や防具なんかも。それから炎龍の鱗《うろこ》もありますね。ゴミにしかならないけど人間には貴重だろって置いていくんですよ。それも何百枚も」

「炎龍の鱗が……何百枚………？」

ハルダー卿が腰を抜かしてしまった。

無理もない。

炎龍の鱗が一枚あれば、ヴァイトリング邸を新築土地付きで購入した上で、一生遊んで暮らせる額になるんだから。

それほどまでに優れた素材であり、かつ入手が難しく、希少性が高いのだ。

「一応これでも拾う女神の使徒ですから。拾った以上は皆の生活に責任は持ちますよ」

「いやはや……責任という枠を遥かに超えるような気がしますが……。は、はははは……」

エルナに助け起こされるハルダー卿。

どんな表情を浮かべるべきか迷った末に、笑うことにしたらしい。でも、頰がピクピク引きつって、笑うに笑えていない。

「人数も把握できたことだし、早速ハンスさんに注文することにしましょう」

「しかし、突然の注文になりますな。すぐに対応できるのでしょうか？」

「たぶん問題はないと思いますよ？ ハンスさんが言うには、多くの商人が戦争の長期化をにらんで大量の物資を買い占めたそうなんですが、戦争はもう終わったでしょう？ 余剰在庫を大量に抱えて悲鳴を上げている者が少なくないんだとか」

「抜け目のないことですな。ハンス自身はどうだったのでしょうか？」

「僕がフリートラントの助けに入ると知って即座に手を引いたそうです。大損せずに済んだってお礼を言われましたよ。ハンスさんには事前に話を通してありますから、こちらから知らせれば即座に動いてくれるでしょう」

「そうですか……。ハンスは賭けに勝ったのですな……。それにしても思い切ったことをするものです。さすがだな」

敵《かな》いませんなと言いたげに、ハルダー卿が両手を挙げた。

「アルフ様、調達する食料はどれほどにいたしますか？」

「とりあえず、二万人分の食料を一か月分……いや、思い切って三か月分は頼んでみようかな？」

「そんなにたくさん？　兄様いいの？」

「問題ないよ。住んでいた場所に戻りたいって人が予想以上に少ないからね」

フィリーネによって拾われた人たちは、なにも永遠に拾われたままでいる必要はない。

本人たちが希望すれば、拾う女神の祠を通じて帰ることもできる。

フィリーネは「捨てられしもの」を拾うが、別に未来永劫にわたって拘束するつもりはないらしい。

自分に感謝し、信仰してくれるなら、何処だって構わないのだと言う。

それよりも、信者となってくれる者を無理に拘束して恨まれてしまえば、それが女神としての力を削ぐ結果にもなりかねない。だから、帰りたい者はいつでも帰してくれるそうだ。

と、女神様はおっしゃるわけだが、拾われた経緯が経緯だけに、今すぐ帰りたいと希望する人はごくごく少数。

その数少ない希望者でさえ、戦争の余韻が残る場所に放り出されても困るからと、ほとぼりが冷めるまで待ちたいと願っている。

当面は二万人が避難したままと考えたほうがよさそうだ。

コンコン。

再び扉が叩かれた。

今度顔を出したのはマリーだ。少し困ったような表情を浮かべている……。何かを察したのか、エルナも小さくため息をついた。

「すみません、アルフレート様。お客様なのですが……」

「……もしかして、あいつらが来た？」

「そうなんです。今日はこれで六度目です」

玄関のほうを心配そうに振り返るマリー。

「もうすぐお夕食の時間ですし、今回はお引き取りいただきますか？」

「いや、夕食が終わるまで待つと言うに決まってる。会うよ」

「わかりました……」

マリーが静かに扉を閉めた。

ハルダー卿が不思議そうに尋ねる。

「一日のうちに六度も？　いったいどなたなのです？」

「ギュンターです……」

「ブルーメントリット卿が？」

「ええ……。たぶんまた直談判に来たんでしょうね――」

「先生っ!!」

言い終わらないうちに、食堂の扉が「バンッ！」と音を立てて開かれる。

姿を見せたのは、予想どおりギュンター。そして、彼の部下であり、後輩であり、僕の弟子でもある若手騎士四名。それからブルーメントリット家の家臣であるニクラスの姿もあった。

「また来たのか……？」

「もう一度全員で話し合ったのです……。ですがっ！　やはり承服しかねます！」

ギュンター以下、合計五人の弟子たちは怒髪天《どはつてん》を衝《つ》かんばかりの表情を浮かべる。

ニクラスが「アルフレート様、こりゃ措置なしですぜ？」と言いたげに肩をすくめた。

「そこを承服してよ」

ダメ元で言ってみるが、師匠の言葉も、今の弟子たちには何の効果もなかった。

「承服できませんっ！」

ギュンターが食卓を「ダンッ！」と叩く。

「私たちは……私たちは絶対に帰りませんっ！」

唾を飛ばして抗議した。

# 第二話　捨てられ騎士は説得する

不穏な空気が満ちる食堂で、僕たちは対峙していた。

一戦終えた今は、互いに無言で睨み合うのみ。相手の腹を探り、次の一手をどうするか模索しているのだ。

こちらは腕を組み、ことさらに難しい顔を作って、どっしり座ったまま動かない。

対するギュンターたちは、歯ぎしりが聞こえそうなくらいに口を結び、微動だにしない。

さて、次はどう出るべきか…………。

こちらから仕掛けるべきか？

いや、あちらの仕掛けを待つか？

味方がいれば入れ代わり立ち代わり彼らを攻めることもできるが、あいにくこちらは僕ひとり。

あちらは五人。数的不利は否めない。

不用意に手を出せば手痛い反撃を喰らうだろう。

うむ……。こいつはどうしたもんだろうか？

せめて第三者がこの場にいれば調停をお願いすることもできたんだけど……。

対峙が始まったばかりの頃はこの場に同席していたエルナ、クラリッサ、ハルダー卿、ニクラスの姿はもうない。

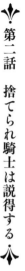

各々が、それぞれ勝手な理由をつけて姿を消したのだ。

エルナは「わ、私は夕食の支度を手伝わないと！」とわざとらしく口にして厨房へと走り去った。

きっと、自分がこの場にいればギュンターたちに僕の説得を頼まれると思ったんだろう。その判断は決して間違っていない。間違っていないが、今となっては残ってくれたほうがまだよかったような気もする。

クラリッサは「フリートラントの官吏の皆様に指示を出さねばなりません」と素知らぬ顔をして席を立った。

おそらく、これは事実だろうし、彼女の気持ちはわからないでもない。

昨晩、下手に口を出して終わりにない論争に巻き込まれた教訓が身に染みてわかっていたんだろうし。

ただし、あんなにそそくさと出て行かなくていいんじゃないだろうか？

もう少し、こう、なんと言うか、間を取り持つような一言くらい口にしても罰は当たらんでしょう？

ハルダー卿とニクラスは………うん、気づいたら姿を消していた。

エルナとクラリッサに気を取られている間に。

いや、できればあなた方に一番残ってほしかったんですけどね？

できれば一緒に説得してほしかったんですけどね？

このふたり以上に、ギュンターたちと立場が似通っている人もいないんだからな……。

はあ…………。

心の中で密かにため息をつく。

そろそろ勝負をつけねば。

すでに夕日も沈み切り、外は暗くなっている。厨房で誰かが立ち働く音も聞こえなくなった。夕食の準備は整っているに違いない。だが、このまま食堂を占拠し続ければ、いつまで経っても夕食は始まらないのだから！

いや、ちょっと待てよ？　目端《めはし》が利くマリーとヘンリックのことだ。もしかしたら、僕は抜きにして別室で食事ができるように準備を整えているかもしれない。

そうなれば、昨日の朝食から始まって、二日にわたって朝昼晩の計六食、僕はひとりで冷や飯を食うことになるだろう。

そのこと自体がいやだってわけじゃないが、食事くらいはゆっくりと心穏やかにとりたいもんだ……。

僕は意を決した。

そして、決然と口を開いた――――！

「――――君らは実家に帰りなさい！」

「「「「「お断りします！」」」」」


　またこれだ。

　ギュンター以下、弟子たち五人の声が唱和する。事前にしっかりと示し合わせたかのように声がハモる。

　だが、これに負けてはいられない。言い返さなくては――――！

「――君らは帰る家がある！　君らがフリートラントにいたかどうか、戦の混乱の中で情報が曖昧なはずだ！　密かに王国南部へ戻れば、事が露見することはない！　全員が罪に問われることもないんだぞ!?」

　五人を代表して、ギュンターが即座に反論する。

「重々承知しております！　ですが帰るならば先生もご一緒に！　近衛騎士団の金を横領したなどと……こんなひどい冤罪《えんざい》がありますか!?　私たちが協力して罪を晴らします！　共に王都へ帰りましょう！」

「何度も言うけどね？　僕はもうこんな姿なんだぞ？」

　しっかり見てみろと、服の端を摘《つま》んでみせた。

「拾う女神様のおかげでね、二十以上も若返ってしまったんだ。この姿で戻ったところで、誰がアルフレートと信じてくれる？」

「それは……」

「どうするっていうんだ?」

「……そうです! 老け顔の化粧でも――――」

「――止めてくれ! そんな化粧なんて聞いたこともない! なんかゾワッとしたぞ!? 妙な寒気がする!」

「で、ではっ! 幻覚魔術でなんとかっ!」

「君ら使えんだろう? 僕も使えん。エルナも無理だ。幻覚魔術はとんでもなく高度な魔術だって知ってるだろ? 宮廷魔術師だってほんの一握りしか使えないんだぞ?」

「ならば宮廷魔術師の知人に頼みます! 先生だってひとりやふたりは心当たりの方がいらっしゃるでしょう!?」

「そりゃいるよ。いるけどね、いくら冤罪を晴らすっていってもだ、成算の見込みが立たない話に知り合いを巻き込むわけにはいかないだろ? 下手をすれば、その知り合いの不利にだってなるんだぞ? 彼か彼女か知らないが、職を失ったらどうする? 追放を命じられた横領犯に与《くみ》したかどで処罰されるかもしれないぞ? そうなったら誰が責任をとれるんだ?」

ギュンターたちは唇を噛む。

なお、ここまでのやり取りは昨日から数えて少なくとも二十回は繰り返した気がする。

うん、不毛だね。

はあ………。仕方がない。

ここから先は、彼らを絶望させてしまいそうで言わなかったことがある。絶望させると今度はどんな行動に打って出るかわからないから言わないでおいたんだが……。

いつまでも不毛な議論を繰り返しても意味がない。

説得に耳を貸してくれればよかったんだが――。

「――君らの気持ちはありがたいけど、僕はもう帰るつもりはないよ」

「……は？　せ、先生？　何をおっしゃっているんです？」

「君らも拾う女神様は見ただろう？　あのわけの分からない、とんでもない力も目にしただろう？　僕はもう、拾う女神様の使徒として生きることに決めた。だから王国に帰るつもりはない」

「先生！」

「お待ちください！」

「どうかお考え直しを！」

「近衛騎士団はどうなるのです⁉」

「あの愚劣な騎士団長は野放しですか⁉」

「落ち着いてくれ。今回の帝国軍侵攻で、騎士団長には何ら良いところがなかった。国王のお気に入りか何か知らないが、さすがに今回ばかりは責任を免れないさ。首が二、三回飛んでもおかしくない程度は失態を重ねている。クラリッサ皇女暗殺事件以来ね」

「私たちを………」

「ん？」

「私たちを……見捨てる………のですか？」

五人が絶望に塗りつぶされた暗い顔をする。

ああ、やっぱりこうなった。

彼らは一人ひとりがどこに出しても恥ずかしくない立派な騎士だが、僕が姿を見せると、どうにも僕に頼りすぎるきらいがある。そこが数少ない短所なのだ。

まあ、彼らが幼い頃から十年以上付き合ってきたからな。

自分で言うのは恥ずかしいが、彼らが敬慕の情を以て僕に接してくれているのはよくわかる。

それはとても嬉しいし、ありがたいことだ。

こんな感情を向けてもらえるなんて、人生のうちでこれきりかもしれない。だけど、普通に生きていても別れというのはある。

納得できなくても、受け入れてもらうしかない。

弟子である彼らにしてみれば、師匠が冤罪を着せられて追放されるなんてことは、とてもではないが承服できない事態だとは思うけど……。

少し卑怯な手になるが、彼ら自身の立場を利用して説得するしかないか……。

「よく聞きなさい。君たちにはそれぞれ実家がある。爵位と領地が与えられた実家だ。貴族の家だ。君らはその跡継ぎだろう？　いくら師匠の罪を晴らすといっても、何の見込みもない話に手を出してはいけない。家族や領民に累《るい》が及んだらどうする？　君らは自分の勝手に他の者を巻き込む気か？」

「「「「「……………」」」」」

ようやく、五人は押し黙った。

今度も唇も噛んでいる。が、さっきとは表情がまるで違う。観念し、諦めたような表情だ。

「いいか？　君らには率いる兵もいるだろう？　近衛騎士団一個中隊二百名、南部諸侯からお預かりした兵が八百名。合わせて千名だ。幸いそのほとんどが戦いを生き残った。そして君らは指揮官だ。君らの義務は、率いる兵を故郷へ帰してやること。行って帰ってくるまでが戦《いくさ》だと教えただろ？　帰還のその瞬間まで見届けなくちゃならない。そうだろ？」

「…………………はい」

なんとか声を絞り出したのはギュンターただひとり。

他の四人は完全に気落ちしてしまい、口も利けない。

「さあ、わかったら帰還の準備を整えておいてくれ。フリートラントの状況も落ち着きそうだし、戦のほとぼりが冷めた時機を見計らって帰るんだ」

「「「「…………はい」」」」

力なく返事をする五人。

ズルい手を使ってしまったが、二日間にわたる戦いはこれにてようやく幕を――――。

「では……兵を帰らせれば、ここに戻ってきてもよろしいのですね？」

「…………はい？」

ギュンターが意味のわからないことを言った。

何度も頭の中で繰り返してみるが、やっぱりわからない。

「すまない。今、なんて言った？　ここに戻ってくるだって？　誰が？」

「私です」

今度はギュンター以外の四人が「ザワリ……」とした。

それぞれの顔に「その手があったか……！」と書いてある。

いけない……。

何となく、この後の予想がつく。一刻も早く火消しをせねば……！

「……なんで？　君は近衛騎士だろ？　王国に戻って騎士のお役目があるじゃないか？」

「たしかに私は近衛騎士です。しかし、敬愛すべき師にありもしない罪を着せた騎士団長の下《もと》で働く気にはなれません」

「待てっ！　待つんだっ！　よぉく考えろ？　騎士団長のことは気に入らなくて仕方がない。でも……でもだ！　君は王国に忠誠を誓った騎士だぞ？」

「国王陛下は、騎士団長の戯言《ざれごと》を、深く詮議されることもなく是《ぜ》となさいました。そのようなお方に対して、忠誠心を維持することなどできましょうか……!?」

「気持ちはわかるけど、騎士の忠誠はそんな簡単に捨てていいもんじゃないだろ？」

「『君、君たらざれば、臣、臣たらず』という言葉もあります。先生がお教えくださった言葉ではありませんか？」

「しまっ……いや、ゴホン！　まあ、待ちなさい！　『君、君たらずといえども、臣、臣たらざるべからず』という言葉もある！」

「なるほど……。対立する考え方ですね？　では、私は前者を採ります！」

「えっ⁉」

「対立する考え方が存在するということは、どちらにも相応の理があるということにほかなりません。ならば、私は己の信念に従って正しいと思う方を選びます！」

宣言するギュンター。

四人の弟子から「おお……！」と感嘆の声が漏れる。

いけない！　いつの間にかこちらが不利に！

「……わかった」

「え……？　本当ですか？　ここに残ってもいいのですか⁉」

「そういう意味じゃない！　ギュンターがどう考えているのかは理解した。だけど、残って何をするというんだ？」

「決まっています！　先生をお助けするのです！　フリートラントに残された人々は二万人にも及ぶと聞きました！」

「……耳が早いね？」

「我々も避難民を数える作業を多少なりとも手伝いましたので……」

胸を張り、不敵に笑うギュンター。

ここの事情はすでに把握しているんですよと、目が語っている。

「大半が帝国の侵攻から逃げ切れなかった人々です。ならば、力の弱い子どもや女性、老人が多いはず。男手はいくらあっても足りないでしょう？　私のように役所仕事がわかっている人間も貴重なはずです！」

「それは……」

「否定できないのでは？」

「くっ……！」

「私はもう一度先生とともに仕事がしたいのです！　先生の元で学びたいのです！　どうか！　どうかお願いします！」

「ダメだ……」

「なっ……！　こ、これほど申し上げても受け入れてくださらないのですか⁉」

「さっき君たちの実家の話をしたはずだ。親や領地をほっぽり出して勝手をするのか？　それが貴族の跡継ぎがやることか？　家督を巡って一騒動起こるかもしれないんだぞ？」

彼らの実家は子爵だったり、男爵だったり、小さいながらも領地があり、少なくない家臣も抱えている。

親たちも決して若くない。近衛騎士団で奉職した後は、故郷に戻って家督を継ぎ、領地経営に当たらなければならない身だ。

彼らが姿を消せば、それぞれの家は跡継ぎを失うことになる。そうなれば当然その後釜を決めなければならないが、適任者が簡単に見つかるとは限らない。場合によっては、骨肉相食《あいは》む御家騒動の開幕だ。

それが過熱して収拾がつかなくなれば、王国から統治能力なしとみなされるかもしれない。領地没収、爵位返上、御家取り潰しで家名断絶……。辿る末路は悲惨だ。

「なにより、そんな事態になれば領民が大いに苦しむことになる。君らは新たなフリートラントを作るつもりか？」

「「「「…………」」」」

僕の言葉に、生気を取り戻しかけていた四人は勢いを完全に失い、うなだれてしまった。

ところが、ギュンターだけは顔色を変えず、「問題ありません」と言いたげに首を振った。

「私は次男ですので！　それから当家の家督は兄のエリアスがつつがなく継いでおります！　後顧《こうこ》の憂いはありません！」

自信満々に宣言するギュンター。

他の四人が「ギュンター先輩は卑怯です！」とか「最初からわかって先生と論戦を⁉」などと息巻くが、悪びれる様子もない。

「すまないな。私は今日ほど次男に生まれたことに幸運を感じたことはない！」

嘘つけっ！

エリアスが家督を継いだ時は、

「長男など御免ですね。伯爵家当主など、堅苦しい立場は真っ平です。次男に生まれたことは人生最大の幸福。私は今日ほど次男に生まれたことに幸運を感じたことはない！」

とか言ってたじゃないか！

いやいや！　それはこの際どうでもいい！

「あのなあギュンター？　たしかに君が家を継ぐ必要はないけど、実家は南部四大貴族の一角たるブルーメントリット伯爵家だぞ？　次男は勝手気ままに生きれば良いってわけじゃないだろう？　エリアスを支えるっていう重大な役目もあるじゃないか？」

「我が兄ならば私の心情をきっと理解してくれます！」

「いやいやいや！　待て待て待て！　ひゃ、百歩譲ってエリアスはいいとしても、君は王都に恋人がいるはずだ！　結婚を考えている恋人が！　彼女を放っておくつもりか⁉」

「ぐっ……」

「放っておくわけにはいかないだろう？　君はそんなに薄情な人間じゃないはずだ。わかったね？　わかったら――」

「責任は……とります……」

「え？」

「レギーナを魔境ハルツへ迎え入れます！　そしてこの地で結婚します！」

ギュンターの後輩たちが「おおおおお！」と感嘆の声を上げた。

「こらこらこら！　君はなんて勝手なことを言うんだ⁉」

「止めても無駄です！」

「そうじゃない！　彼女の意思はどうするつもりだ！　こんな大事なことを勝手に決めて！」

「レギーナなら必ずわかってくれます！　私には確信があります！」

「君らが信頼し合っているのは僕も知ってる！　だがね、彼女の親御さんにはなんて説明するんだ⁉

自分の娘が『魔境ハルツ』に住む？　正気で聞いていられる親がいると思うのか⁉」

「ご両親も必ず説得してみましょう！　とにかく私はもう決断しました。止めても無駄です！」

開き直って胸を張るギュンター。

後輩たちもギュンターに「卑怯です！」などと怒りをあらわにしていたことを忘れ、いつの間にか味方についてしまっている。

しかし、そんな彼らに冷や水をぶっかける者がいた。

「いや〜……。そいつは待ってもらえませんかね？　坊ちゃん？」

全員の目が食堂の扉に向く。

そこには、困った顔でため息をつくニクラス——ブルーメントリット家に代々仕える騎士の姿があった。

いつの間にか姿を消していたが、一応は扉の外で様子を窺《うかが》っていたらしい。

「お館様もさすがにそいつはお許しになりませんよ。だいたい、出奔《しゅっぽん》の理由をなんて説明なさるおつもりなんです？」

「先生の役に立つ！　こう言えば、兄上もわかってくれるはずだ！」

「なんでそんなに自信たっぷりなんですか？　ああ、でも……お館様ならそれでわかってしまうかも……」

そう言って、僕の顔をチラリと見た。

「うちのお館様もアルフレート様の弟子ですからねぇ……。崇拝具合は坊ちゃんに引けをとりませんや」

「ちょっとニクラス！　崇拝ってなんだ崇拝って！　なんだか人聞き悪く聞こえるぞ⁉」

「いやだって、ありゃ崇拝でしょうよ？　言っときますけどね、アルフレート様に責任の一端はあるんですよ？　鼻持ちならないクソガキに育っちまった伯爵家の兄弟を、コテンパンにのして鼻っ柱を叩き折ったのは誰です？　アルフレート様じゃないですか？」

主人兄弟に対してとんでもない暴言を吐くニクラスだったが、ギュンターは赤面して何も反論しない。自覚があるのだろう。あれは誰がどう見ても「鼻持ちならないクソガキ」としか言い様がなかったしなあ……。

そして、そんなクソガキどもを従わせるべく、剣術や馬術の稽古で実力差をわからせてやったっけ？

それこそニクラスが言うように、一切の情け容赦なく、衆人環視の前でコテンパンに負かしてやって……。

ギュンターの後輩たちは「先輩が鼻持ちならないクソガキ？　冗談でしょう？」という顔をしている。本人の名誉は守ってやりたいが、ごまかしてもニクラスが即座に否定するだけだしな……。

「あ……ああ……。そんなことも……あった……かなぁ？」

「あれで性格矯正《きょうせい》してなきゃ、今頃とんでもないチンピラ貴族になってるところでしたよ？　先代様はいたく感謝なさっていましたよ？　俺たち家臣も気持ちは一緒です」

「そ、そう？」

「そうです。ってな訳で、坊ちゃんを受け入れてやってください」

「はあ！　ちょっとニクラス！　あんた、僕の味方じゃなかったの⁉」

「そんなこと一言も言ってませんね？　俺はただ、坊ちゃんがどうなさるおつもりなのか尋ねたかっただけです」

ギュンターは「ニクラス……」と目に涙を浮かべている。

だが、こちらはそれどころじゃない！

「謀《はか》ったなニクラス！　ギュンターもああ言えばこう言うし……！　いったいいつからだ⁉　いつからそんな駆け引きを覚えたんだ！」

「まあ、年相応には……。それからあとはね……、アルフレート様、あんたですよ」

「僕？」

「そうです。坊ちゃんも俺も、あなたのやり口を散々間近で見てきましたからね。あなたが何を考えて、何を言うのか、少しはわかるつもりですよ？　まあこれも、あなた自身の責任ですね。あなたがこんな人間を作っちまったんですよ」

「そんな……僕が自分で墓穴を掘った……？」

「そういうことです。ってことで、坊ちゃんひとりくらいは何とかなりませんかね？　お願いしますよ？」

ニクラスはそう言いながら、ペコリと頭を下げた。

星明かりが美しい夜空の下。

耳元をビュウビュウと風が過ぎ去っていく。

遥か眼下には、建物から漏れる光がポツリポツリと見える。城砦に焚《た》かれたかがり火か、そうでなければ商魂たくましく営業する酒場だろう。とはいえ、そろそろ日付も変わる。夜警に当たる警吏から、そろそろ閉店しろと指導が入る頃合いだ。

そんな深夜に、僕はジークムントに乗っている。

うん、とても寒い。

外套《がいとう》の襟《えり》を手で引き寄せる。

でも、僕の隣におられる御仁は、六十近い高齢にもかかわらず、寒さなど感じていない様子で悠然と座り、夜の景色を楽しんでいた。

「うむ……。空の空気はやはりうまい」

ポツリと漏れ出た言葉に、僕の下――炎龍ジークムントは不思議そうに返答した。

《我輩は格別美味とも思わぬが？》

「そう言ってくれるな。このヴェルナー・フォン・ベック、再び空を駆ける感動に打ち震えているのだ」

《ふむ……。そういうものか？》

「そういうものだ」

炎龍相手に臆した様子もない……どころか、むしろ談笑する有様だ。

「あの……。ベック公爵？」

「なんだ？」

「そろそろお話を……」

「もう少し待て。せっかくの機会なのだ」

そう言って、ベック公爵は「あっちへ行ってくれ。こっちが見たい」とジークムントに指示を出し始めた。

案外融通《ゆうずう》の利く炎龍は、その指示に特に異論を唱えるでもなく従っている。

強まった寒風に、さらに外套の襟を引き寄せる。

そもそも僕たちがここにいるのは、南部諸侯の兵をどうやって戻すか相談するためだ。いや、本当はこんな風に空を飛ぶ必要などないんだが、ベック公爵が「前回は乗せてくれたではないか！」と猛抗議してきたので仕方なく……。

今日はギュンターたちの件もあったから、なるべくさっさと終わらせてゆっくり休みたいんだが……。はあ……。

魔境に戻ると言って聞かないギュンターに、その後押しをするニクラス。

最終的には「ギュンター先輩ひとりくらいなんとかならないんですか⁉」とあっちの味方についた弟子たち……。

そのあたりの話を相談したいんだけど――。

「――ね、ねえ……。ちょっとアルフ……」

外套の懐《ふところ》から、ハンカチを毛布代わりに体に巻いた小さな女神様が顔を出した。

「ん？　どうしたフィリーネ？」

「ちょ、ちょっといい加減に寒いんだけど……。いつ始まるの……？」

寒そうに歯をガチガチと鳴らしている。

僕たちより小さい分、寒さに弱いらしい。理屈はよくわからないが。

南部諸侯の兵士たちを帰らせるとなればフィリーネの祠を移動する力が必要になる。ベック公爵との話し合いには同席してもらったほうがよいだろうとついて来てもらったが、彼女にはとんだ災難になってしまった。

「すまん。公爵が満足するまで隠れていてくれ」

「そ、そうする……」

寒さで反論する気も起きないのか、フィリーネはさっさと懐に潜り込んでしまった。

《ふむ……。主殿《あるじ》よ……》

今度は左腰の剣から深みのある男性の声がする。我が相棒の一本。伝説の聖剣エクスカリバーだ。

《この際だ。炎龍を一頭、公爵の元へ差し遣わせては如何《いかが》か？　毎回このようになるより、普段から好きなように乗り回していただいたほうが双方にとって良かろう？》

「ああ……。実はそれも考えてな。ブルクハルトに相談してみたんだ」

《族長殿に？　返答は如何に？》

「ダメだってさ。僕を乗せているのは、あくまで僕が炎龍に打ち勝ったからなんだって。他の人間を乗せるのは主の命令だから応じているだけ。本当なら、自分より弱い相手に背中を許すことはないんだって」

《ジークムント殿も同様に？》

「一緒。今日もずいぶん融通を利かせてくれているみたいだけど、あくまで僕あってこそだと言われたよ」

《おいおい旦那！　そいつは理屈が通らないんじゃねぇか？》

今度は背中の弓から調子の良いチンピラのような声がする。

こちらは相棒の一張り。

神弓ミストルティンだ。

《炎龍の連中はガキどもを背中に乗せて遊ばせてるじゃねぇか！　あっちはよくて、どうしてこっちがダメなんだ！》

最初はヘルツベルグ城から逃げ延びてきた人々を救った時から始まったんだよな。

拾う女神の祠を通じて転移した先が、たまたまジークムントの定位置で、子どもたちが群がって遊び始めた。

その後、ハンスさんから避難中の子どもたちを預かり、今度はフリートラントまで拾うことになった。当然ながら子どもの数も大幅に増えた。

子どもたちにとってみれば炎龍の身体《からだ》に登ったり、隠れたりすることは、他とは比較にならない心躍る遊びなのだろう。

今ではジークムントに加えて、常時十頭近くの炎龍が子どもの相手をしている。ただし、炎龍たちにとってみれば、子どもの相手をするためにわざわざ城の近くに赴いているわけじゃない。

彼らの目的は、あくまで僕の護衛。

あるいは、女神の力溢れる「魔境ハルツ」の中心地で己の力を調《ととの》える——有り体に言えば、休暇を楽しむため。

子どもに群がられたらさぞかし邪魔なんじゃないかと思うし、誰かを乗せて飛ぶほうがよっぽど楽なんじゃないかって思うんだが…………。

「いやね。だから気になって尋ねてみたんだよ？　そしたら『子は慈しむべきもの。一緒にするな』ってえらく真面目な口調で反論されたよ」

《けっ！　何だよそりゃ！　そんなの連中の胸三寸じゃねぇかよ！》

「そうは言っても、こっちには強制する大義名分もないしね。彼らの意思を無下《むげ》にはできないよ」

《ほほほほ！　御前様は甘いのう！　甘すぎて砂糖か蜂蜜でも吐きそうじゃ！》

今度は右腰に差した杖から妖艶な女の声。

最後の相棒、癒やしの術を操る神杖《しんじょう》カドゥケウスだ。

《御前様は炎龍の主じゃ！　主ならば大義名分などいらぬ！　ただ一言、『やれ』と命じれば終いなのじゃ！》

「カドゥケウス……。君は本当に強引なことばかり言うな？　炎龍にだって感情ってもんがあるだろ？　あんまり無理なことを言って仲がこじれたらどうする？」
《決まっておる！　エクスカリバーとミストルティンで討伐すればよいのじゃ！　そして散々に打ちのめした後に妾が癒やして進ぜようぞ！　これにて御前様に従わぬ者はなし！　なのじゃ！》
「……何だかんだ言って、要は自分が活躍する場面を無理やり作る気だな？」
この神杖、とにかく不遇で目立たない期間が長かったせいか、後先考えずに自分の力を誇示したがるクセがある。
僕が使わなければどうにもならないんだが、ちょっと油断していると今みたいに唆《そそのか》してくるのだ。
まあ、彼女は治癒専門で精神操作系の術は使えないから、何を言われても僕さえ無視してしまえば済むんだけど。
ただし、済まない者もいる。
彼女はそれに気づいていない――。
《カドゥケウスよ。我輩の聞き間違いか？　実に愉快な言辞を弄するではないか？》
《げっ⁉　き、聞こえておったのか⁉》
《炎龍の耳を甘く見ないことだな。貴公が活躍する前に、我輩の炎で焼き尽くしても構わんのだぞ？》
《し、知らぬ！　妾は何にも知らぬのじゃ！　御前様！　後は任せたのじゃ！》
カドゥケウスはそんな風にとぼけると静かになってしまった。
都合が悪くなるとだんまりを決め込むんだからな。

っていうか、僕に丸投げせんでくれよ……。

すると、一連のやり取りを聞いていたベック公爵が大きな目玉をギョロつかせながら、地の底から湧いて出たような低音の声で「くっくっく」と笑い出した。

「炎龍と伝説の武器が、なんとも人間臭いやり取りをするものだ。アルフレートよ、これもお前の指導の賜物《たまもの》か？」

「ご冗談を。彼らの個性ですよ」

「そこだ。お前はごく自然に炎龍や伝説の武器に個性があることを認めているではないか。普通の人間にはそのような真似はできん」

「いやぁ……。それをおっしゃるなら、公爵も相当なものだと思いますが？」

「儂《わし》は単に肝が据わっているだけの普通の人間に過ぎん」

あんたの何処が普通の人間だって？

前に会った時はそのギョロ目のひと睨みでフィリーネをビビらせていたでしょうに！

平気な顔で女神様をビビらせようとする普通の人間ってどんな人間ですか？

「ん？　おい、アルフレートよ？　何か言いたいことがあるのか？」

目ざとく僕の様子に気づく公爵。

まったくもって油断ならないお人だ。

「なんでもありませんよ。それはそうと、兵の帰還についてですが……」

「そうだった。それが本題だったな」

公爵にフリートラントの戦の顚末《てんまつ》を説明する。

「そうだったか。お前なら何とかするとは思っていたが、最後は炎龍を総動員して力業で幕引きか。なかなか派手な真似をするな？」

「相手はクライスト将軍でしたからね……。こちらの手持ち兵力が潤沢であれば他の手もありましたけど……」

「何だ気が進まなかったのか？」

「公爵もご存じでしょう？　炎龍一頭で一国が滅ぶという格言を。その炎龍が二百頭ですよ？　有史以来の出来事です。仕方のなかったことですが、いらない騒ぎにならなければいいんですけど……」

「なるほどな。もはや縁を切ったはずの国の状況を心配するとは、お前らしい」

「違います。こっちにおかしな災難が降りかからないかが心配なんです」

「ほう？　そういうことにしておこうか？」

「そういうことですって！」

「お前にとっては災難かもしれんが、それによって余計な犠牲を減らすことができた。その中には、我ら南部諸侯の家臣たちも含まれている」

姿勢を正した公爵は、深々と頭を下げた。

「ちょ、ちょっと公爵!?」

「遅くなったが礼を言うぞ。お前は我らの家臣たちを救ってくれたのだ。これくらいせんでどうする？」

「必要な策を打っただけです。結果論ですよ」

「それでも良い。犠牲が減ったことに変わりはない」

言い終えて、ようやく頭を上げる公爵。

その後は、どこにどうやって兵たちを帰還させるか、細かな相談に入る。

「女神の祠か……。便利なものだが、その『捨てられし者』……だったか？　それが祈りを捧げなければ力が発現せんとは……。悩ましいことだな？」

「そうなんですよ。しかもです。現時点では、南部に力を取り戻した祠はありません。東部に偏っている状況です」

「東部から王国軍が掃《は》けるのを待つか……」

「実は、いっそのこと王国軍が溢れ返っている状況を利用してもいいのではないかと思っています」

「どういうことだ？」

「帝国軍の侵攻は急。そして撤退も急でした。侵攻にせよ、撤退にせよ、王国の隅々にまで情報が行き渡るまで時間がかかります。それを利用するんです」

「……侵攻の報せを受けて援軍に駆け付けてみれば、すでに帝国軍は撤退していた。そういう筋書きだな？」

「はい。如何ですか？」

「良い案だ。儂は賛成だ」

「ありがとうございます。早速東部の状況を調べてみて、決行できそうなら数日中にも」

「頼んだぞ」

「わかりました。それからですね？　これから緊急の連絡がある時はこのカドゥケウスを使おうと思います」

「何だと？」

カドゥケウスを手に取って、連絡方法を説明する。

「遥かに離れた場所にいる者と言葉を交わせるのか？　なんと素晴らしい……！　軍事の常識が変わるぞ！」

「とはいっても、カドゥケウスしか使えませんけど」

「そうだった。残念だ」

「カドゥケウス自身が顔を知った人物でないといけませんし、居場所もだいたいの目星がついていなければ連絡を取り合うことはできません。万能ってわけでもないんです」

「ふむ……。せいぜい連絡を楽しみにしていよう。おい、神杖？　その時はよろしく頼むぞ？」

公爵が目ん玉をギョロつかせた。

どう見たって相手を脅迫しているようにしか見えない。本人に悪意なんてないんだろうけどね。

「あと……ですね……。もうひとついいですか？　これはお願いなんですけど……」

「何だ？　言ってみろ」

ギュンターたちの一件を話す。

すると、公爵は凶悪な表情をさらに歪めた。

怒っているのじゃない。

一応、楽しそうに笑っているらしい……。

「ブルーメントリットの次男坊が言うようになったではないか」

「何とか説得していただけませんか？」

「断る」

「あの……理由を聞いても？」

「他家の事情に介入するつもりはない」

「でも南部四大貴族の一角たるブルーメントリット伯爵家に関わる大事ですよ？　現当主の弟が出奔するなんてことは。同じ四大貴族の一角として見過ごせなくありませんか？」

「ブルーメントリット伯はよくやっている。彼には跡継ぎも生まれた。家臣団も盤石《ばんじゃく》だ。今更弟がひとり消えたところで揺らぎもせん」

取りつく島もない。

「それこそブルーメントリット伯爵自身に相談してみてはどうだ？　彼ならば、ギュンターと当主を代わって自分がお前の元に赴くと言い出すかもしれんがな」

再び凶悪に笑う公爵。

そうなんだよ。

そうなりかねないからエリアスには相談したくないんだよ。

はあ……。どうしたもんかね？

# 閑話　果てなき軍議

私の名はエリアス・フォン・ブルーメントリット。

ハルバーシュタット王国南部四大貴族の一角、ブルーメントリット伯爵家の当主だ。

「お館様。そろそろお時間でございます……」

初老の執事が恭《うやうや》しい態度で出発を促す。

「周辺にお住まいの方々にもお話を伺ってみましたが、どなたも詳細はご存じないとのこと。ヴァイトリング準男爵のお屋敷は、一夜に忽然《こつぜん》と消え去った。これに間違いはございません」

「本当に誰も気がつかなかったのか？」

「不審な物音ひとつ、なかったそうにございます」

「……そうか」

短く答えて、改めて目の前の光景に目を転じた。

貴族の屋敷が所狭しと立ち並ぶ街区に、ポッカリと大きな空き地がある。ちょうど、周囲の屋敷と同じくらいの広さの空き地だ。

空き地そのものは珍しいものではない。老朽化した屋敷が取り壊されれば、一時的に空地もできるだろう。土地の買い手が見つからなければ、雑草が生え放題のまま放置されることもあるだろう。

だが、この空き地はそのどれでもない。

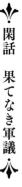

通常の想像が及ぶような代物ではないのだ。

極めて異質な空き地と言うほかない。

草一本、石くれひとつ見当たらず、地面はナイフで切り取ったバターのように滑らか。おまけに地下室があったと思《おぼ》しき場所には、地下室の形そのままの真四角な穴が空いている。

こんな奇妙な空き地があるだろうか？

元あった屋敷を取り壊せば、多少なりとも瓦礫《がれき》が残るだろう。

地面は解体作業の影響でデコボコになるだろうし、地下室の跡は埋められる。埋められなかったとしても、屋敷解体の影響で崩壊しかかっているに違いない。

周辺の住民が言うように、まさに屋敷が「そっくりそのまま消え去った」というほかない光景だ。

私は魔術を使えないが、伯爵という立場上、どのような種類の魔術があり、どのような効果を持つのか、それなりに知っているつもりだ。

しかし、こんな真似をできる魔術など私は知らない。もしかすると、私が知らないだけなのかもしれない。ただ、仮にそうであったとしても、物音ひとつしないとはどういうわけなのだ？

「アルフレート先生……。エルナ……。いったい何があったというのですか？」

数日前、私の元に王国東部のフリートラントに滞在中している弟のギュンターから一通の手紙が届いた。いや、手紙というよりも密書というべきか。

そこには、アルフレート先生やエルナの身に起きた出来事の詳細が記されており、先生の冤罪を晴らすために私の尽力を願いたいと記されていた。

だからこそ、時間を作ってヴァイトリング邸の跡地にも出向いてみた。ふたりの知人にも当たってみた。しかし、有益な情報は何一つ手に入らない…………。

「お館様《やかた》」

執事が再び促す。

「わかっている……」

答えて馬車に乗り込んだ。

席に着くとすぐに、執事が指示する声や御者の掛け声が聞こえ、馬車が動き出す。

この後のことを考えると、実に憂鬱《ゆううつ》な気分にならざるを得ない。

アンハルト帝国による侵攻――これに対抗するための軍議が王城で開催される。私は南部諸侯の代表として、それに参会せねばならない。

しかし、連日開催されているこの軍議は混迷を極めている。

混迷の第一の原因は、軍議を取り仕切るはずの近衛騎士団長が不在だったこと。

国家の一大事を前に、王国軍の幹部だけでなく、私のように王国各地の貴族代表者や国務大臣以下の閣僚も顔を揃える中、肝心の近衛騎士団長の姿がどこにもないのだ。

その場の誰もが、抜き差しならない事態が起こっているのではないかと疑問を持った。

参会者は口々に近衛騎士団長の所在を問うたが、近衛騎士団からは明確な説明はなく、不在の理由も言を左右にして明らかにされなかった。

結局、なし崩しのような形で近衛騎士団の副長が取り仕切り役を務めることになったが、あの無能の腰巾着をしているだけあって、ろくな会議進行すらできない。

おまけに、帝国軍と対峙しているはずの東部守備司令部の報告は支離滅裂で、対応策を話し合おうにも十分な情勢分析すらできない始末。

そんな中、一週間ほど経って、ようやく近衛騎士団長が姿を見せた。

今まで何をしていたのかと詰問する参会者にもたらされたのは、帝国より人質に寄越されていたクラリッサ皇女殿下行方不明の報だった。

近衛騎士団長はこれを調査するため、自らフリートラントまで赴いていたのだと言うが、状況から見て、ご遺体こそ発見されていないものの生存は絶望的。

帝国の宣戦布告文には、クラリッサ皇女殿下暗殺の責任追及——要は仇討ちだとハッキリ書かれているという。

これが混迷の第二の原因だ。

我々には、こんな話は一切知らされていなかった。帝国が講和条約を突如破棄し、卑怯にも不意打ち的に侵攻を開始したのだと、そう説明されていたのだ。

釈明を求める我々に、近衛騎士団長は平気な顔で言い放った。

それを真実かどうか調べるためにわざわざ出向いた。そのおかげでクラリッサ皇女の身に何事か起きたことは明らかになった。だが、皇女が暗殺されたかどうかまではわからない。仮に暗殺されたとして、王国は関与していない。これはすべて帝国の言いがかりであり、激しく非難すべきだと……。

その場で何人かが激高した。

言いがかりだろうと、なかろうと、どうでもいい！

帝国に侵攻の大義名分を与えたのは事実であり、侵攻された以上は事の正否に関わらず手持ちの情報を共有して対策を練るべきである！

この寸秒を争う事態に、悠長に調査だと⁉

そもそも！　近衛騎士団はクラリッサ皇女殿下の護衛に当たっていたはず！

講和条約締結後、皇女殿下を無事に帝国へ送り届けるのは近衛騎士団の任務ではないか！

にも拘《かかわ》らず皇女殿下の身に危難を及ぼすなど、任務失敗のそしりを免れない！　しかも国家存亡に関わる大失敗だ！

近衛騎士団長解任と息巻く者もいたが、国王陛下が庇い立てしたおかげで、それ以上の追及はなかった。

本来ならば、なんとか気持ちを切り替えて、全力を帝国に振り向けねばならないところなのだが……。

そもそもの話、近衛騎士団長が今の地位にあるのは国王陛下の引き立てだ。陛下が王太子であられた頃、長く侍従武官を務めたことに報いたのだという。

しかし、あの男にそんな能力がないことは多くの者が知っている。

追従《ついしょう》だけ口にしていればよかった侍従武官ならいざ知らず、有事は国王陛下の元で王国全軍を指揮せねばならない近衛騎士団長なぞ、あの男に務まるはずがない。

侍従武官という役職も、本来は追従だけを口にしていれば務まるものではない。

王族の側近くにあって、時々に応じた軍事上の助言を行うのが侍従武官だ。もちろん、適格適切な助言をな。

こんな人物を側近くに置き続ける国王陛下にも問題があるのだ。

解任を訴える声こそ静まったが、日頃から溜まった憤懣《ふんまん》や不信感を抑えるにも限度がある。

参会者が何か意見を口にするたびに、それが言葉の端々に表れる。

近衛騎士団長が、有益な提言を行い、十分な指導力を発揮するような人物であれば、彼らも自重せざるを得ないだろうが、そんなことは望むべくもない。

私としては、国家の大事を訴える熱弁のひとつもぶちたいところだが、それでどうにかなるのは物語の世界の話。

会議が破綻しないよう加減しつつ、角《かど》が立たぬよう配慮して意見を申し述べることしかできない。

何人かは私の意図を察してくれているようだ。

刺々《とげとげ》しい言葉を述べる者を宥《なだ》める一方、大言を吐く近衛騎士団長を再三にわたって諌め、脱線しがちになる議論を私が引き戻そうとするたびに後押しをしてくれる。

特に協力的な姿勢を見せてくださったのは、ヘフテン司法大臣とオスター大蔵大臣、それにオルブリヒト憲兵司令官のお三方。

どのお方も、先帝陛下の時代に任命された経験豊かで高潔な人柄のお方だ。

示し合わせたわけではないだろうが、文官のヘフテン大臣とオスター大臣が冷静で柔らかな口調で宥め役を、オルブリヒト司令官は時に厳しい口調で諌め役を演じた。

時折目が合うお三方に、私が目礼して感謝の意を表すと、お気になさらずと言いたげに微笑を浮かべるのだった。

私とは親子ほどに年齢が離れているのだが……。

若輩の私に、なんとありがたいお心遣いだろうか？

彼らの協力に報いるためにも、軍議の結論をなんとかよりよい方向に誘導したいところだが……。

現状は、議論を破綻させないことだけで精一杯か……。

できることなら、誰かが口にしたように近衛騎士団長を解任してしまいたい。あの男の存在が感情的対立の根本原因なのだからな。

責任追及するだけなら、一応だがネタはないこともない。

フリートラントのギュンターから届いた手紙には、アルフレート先生やエルナの件に加えて、近衛騎士団長が犯した失態についても詳細に記述されていた。

クラリッサ皇女殿下の護衛失敗の顚末、フリートラント防衛戦における拙劣な作戦指導、十分な情報分析を行わずに夜襲を敢行して敗走。挙句の果てには、夜襲の指揮に当たっていた近衛騎士団長は敵前逃亡同然に、我先にと後退したらしい。

これをネチネチと粘着質に追及してやろうか？

………だがしかし、何度も繰り返しになるが、それをやると軍議が破綻してしまうのだ。

近衛騎士団長は絶対に認めようとしないだろうし、国王陛下も解任に同意なさることはない。

解任の賛否を巡って泥仕合が展開されることは間違いないし、言い出した私は軍議の場を追い出されるだろう。

私の肩を持ってくださった方々の努力を無に帰すことにもなる。

証拠もギュンターの手紙ひとつだけ。これでは決定打に欠ける……。

……………憂鬱だ。

本当に憂鬱だ。

こんな気分のままで、またあの不毛な軍議に出ねばならないのかと思うと泣けてくる。


憂鬱な気分のまま軍議の継続に腐心していると、前線からある報せが届いた。

それは、八方塞がりになりつつあった戦況に、わずかな救いをもたらすものだった。

第一の報せは、戦線の南にあるオステローデから。

南部諸侯軍一万を率いて援軍に駆け付けたベック公爵は、同地の守備態勢を固めることに成功。それだけでなく帝国軍を拘束。他方面への転戦も、帝国本土への後退も許さず、完全な釘付け状態にしてしまった。

第二の報せは、戦線の北にあるヘルツベルグから。

開戦直後に、東部守備の要たるヘルツベルグ城がたった半日で陥落するという凶報をもたらした場所だ。

城の陥落により、東部の首府たるゴスラルへの帝国軍進撃は不可避と思われたが、意外なことに進撃が停止しているという。

詳細は不明であるものの、ヘルツベルグ城を追われた残兵を下級指揮官たちが糾合《きゅうごう》し、遊撃戦を展開。特に敵の騎兵部隊や輜重部隊に損害を与え、足を止めることに成功したのだ。

第三の報せは、戦線の中央にあるフリートラントから。我が弟ギュンターもいるフリートラントからもたらされた。

戦線中央も守備の要たるラウターベルク砦が陥落したものの、砦から撤退してきた将兵や周辺地域の領主の手勢が町へ集結。町の東に広がる森を盾として防衛線を敷き、進撃を目論む帝国軍を幾度となく押し返しているという。

いずれも思いがけない報せだった。

帝国はヘルツベルグにヘプナー将軍、フリートラントにクライスト将軍、オステローデにホート将軍と、音に聞こえた名将を指揮官に据え、それぞれ二万程度の軍勢を配して万全の体勢で侵攻してきたのだ。

不意を打たれ、圧倒的に兵力が足りない中で、この三将軍の攻勢を押し留めたことは奇跡に等しい。

おそらく、帝国軍は意外な事態に困惑しているのではないだろうか？　侵攻計画の練り直しを余儀なくされているのではないだろうか？

ならば、今こそ反撃のまたとない好機……！

どんな策が良い？

ここは、兵力不足のヘルツベルグやフリートラントへ援軍を送るのが良策だろうか？　一刻も早く、苦境にある友軍を救わねばならないからな。

それとも、十分な守備態勢が整ったオステローデに軍を集中させ、帝国軍を各個撃破するのが最善か？

……………うん。選ぶなら各個撃破だな。

兵力不足の場所へ援軍を送っても、おそらく戦況は膠着《こうちゃく》するだけだろう。

それよりも、戦況を一気に打開できる各個撃破策を採るべきだ。

ギュンターには苦労を強いるが、オステローデの帝国軍を撃破すれば、フリートラントの帝国軍の横腹を突くことが可能。結局、これが最も早く戦を終結させる策となろう。

よし！　これしかない！

今日こそはこの案で会議をまとめよう！

もう遠慮は不要！

とにかく勝たないことにはどうしようもないのだ！

近衛騎士団長の責任追及は、戦勝後にゆっくりと、じっくりとやればよい――。

ところが、事は私の思惑どおりに進まなかった。

私が各個撃破策の説明を終えるや否や、近衛騎士団長は猛然と反論した。

「ブルーメントリット伯爵！　そのような策はいただけません！　友軍がいるのはオステローデだけ

ではないのです！　軍を集中している間に、他の方面が敵軍に突破されるかもしれないではありませんか⁉　ここは各地へ満遍なく兵力を展開して窮地にある友軍を救い、守りを盤石にするべきです！」

「お待ちください！　それでは戦線が膠着し、長期戦となるかもしれません！　戦争終結の目途が立たなくなります！」

「何をおっしゃる！　友軍を救い出せば全軍の士気は否が応にも上がり、足を止めた敵軍を押し返すことができましょう！　ヘルツベルグ城やラウターベルク砦の奪還も夢ではない！　この策で進めるべきです！」

各個撃破でも同じことができるはずだ。

むしろ、そちらのほうがより確実に。

敵の一軍なりとも撃破したとなれば我が軍の士気は高揚するだろうし、各個撃破が成った暁には奪われた城砦も自《おの》ずと我がほうに戻る。そう説得した。

だが、ダメだった。

何を言っても、騎士団長は友軍救出と城砦奪還に固執し、己の主張を引っ込める気配がない。

論争を繰り返すうち、なんとなく真意が透けて見えてきた。

あの男、はっきりと口にはしないが、オステローデに軍を集中させれば、南部諸侯によって戦功が独占されると思っているらしい。

たしかにそれは事実だ。

現に、オステローデの実質的な指揮官はベック公爵。

反撃に転じるとすれば、公爵が全軍の指揮官となるのが自然な流れ。地理的に見ても、王国南部に近いオステローデに集まるのは南部諸侯の軍勢が主力となる。各個撃破策が成功すれば、戦功の第一は南部諸侯の手に帰するだろう。

それが気に入らないのだ。

クラリッサ皇女殿下の行方不明、そして帝国軍への対応の遅れ……。下手を打てば、フリートラントで演じた失態もどこからか漏れるかもしれない。私もそのうち口が滑るかもしれないしな？

責任から逃れ、己の地位を守るため、騎士団長は是が非でも戦功を欲している。

そのためには、オステローデではまずい。

我が軍の反撃開始は、指揮権確保の見込みが立つヘルツベルグやフリートラントでなければならないのだ。

さすがの私も腹が立ってきた。

あくまで丁寧な言葉遣いを心掛けたものの、言葉の端々が刺々しくなる。

だが、私以上に激しい言葉で追及する者たちがいた。近衛騎士団長の解任を叫んでいた人々だ。

彼らは私の各個撃破策を賛成するとともに、近衛騎士団長の主張をなじった。戦況を冷静に見つめることもできない者に近衛騎士団長の資格なし。皇女殿下の護衛失敗という明確な失態もあり、今こそ解任すべきだと。

ここにきて、鬱積《うっせき》していた不満が一挙に爆発したのだ。

一時は私を後任に推す声さえあった。

不満の声に対し、己の失敗を糊塗《こと》するため、近衛騎士団長は信じられないことを口にした。

前騎士団たるヴァイトリング準男爵の孫娘――エルナに帝国との通謀の疑いあり、と。

思いも寄らぬ主張に、責任追及の舌鋒も鈍る。

騎士団長は悪びれる様子もなく、とんでもない物語を語った。

クラリッサ皇女殿下を最も身近で護衛していたのはエルナ。同性であり、馬車にも同乗していた。

エルナが生還した一方で、彼女以外の護衛に当たっていた近衛騎士は死亡し、皇女殿下ご本人も行方不明になった。

怪しいことこの上ない。

自分も王国も罠にはめられたのだ、と……。

真実を知る私は即座に反論した。

確たる証拠のない話であり、本人の釈明もない。そもそも罠にはめられたと言うなら、どうして帰還した時に報告しなかったのかと。

事ここに及んでは、もはや軍議の破綻がどうこうと言っていられなくなった。

ギュンターから届いたフリートラントの話を明らかにし、騎士団長を追求した。

しかし、騎士団長はそれこそ根拠のない話。たったひとつの証言だけで、近衛騎士団長を断罪するつもりか？　それも身内の証言でと、厚顔にも開き直ったのだ。

私に同調する声もあったが、大半の者は真偽を測りかね、責任追及の声は鈍る。

そんな中、騎士団長は国王陛下の裁定が願った。

結果は、近衛騎士団長の策を採用するものだった。

国王陛下にお考え直しくださるよう進言したが、無駄だった。

方針は定まったのだと、却下された。

エルナの件がなかったとしても、結局はこうなったのかもしれない。

いくら真面目に献策をしたところで、あの近衛騎士団長に、この国王陛下の組み合わせでは、この結果も当然か……。

ただちに軍の編成と指揮官の任命が行われた。

指揮官は当然、近衛騎士団長だ。

私は南部に戻り、手勢を率いてオステローデに向かうこととなった。

ベック公爵の顔が怒りに歪む——いや、あの方は普通にしていても泣く子も押し黙るような厳めしい顔をしているが、それが一層歪むことは確実だろう。

これでは勝てる戦も勝てない……。


軍議の散会が告げられた直後、さらに事態は一変した。

オステローデよりベック公爵の遣わした伝令が到着し、衝撃的な事実を告げたのだ。

「オステローデ前面に展開中の帝国軍が撤退！　我が軍はこれを追撃中！」

いったい何が起こったというのか？

撤退だと？

帝国軍の攻撃は停滞していたものの、明らかな不利に陥《おちい》ったわけではない。

王国東部に展開する兵力は、未だに帝国軍のほうが上なはず……。

深夜に入っても伝令は次々と到着し、続報をもたらした。

「敵軍の反撃を受け我が軍は追撃中止！」

「帝国軍ホート将軍より休戦の申し出あり！」

「ベック公爵は休戦を拒否！　攻撃再開！」

「我が軍は敵軍に打撃を与えるも敵主力の殲滅《せんめつ》には至らず！」

「敵主力は国境を越えた模様！」

「我が軍は追撃を打ち切り！」

瞬く間に、敵軍を国境まで押し戻してしまった……。

明け方となり、今度はヘルツベルグからも伝令が到来した。

「帝国軍ヘプナー将軍より休戦の申し出！　我が軍はこれを受諾！　帝国軍は撤退！」

南のオステローデに続き、今度は北もだ。

この突然の撤退や休戦の申し出は何を意味するのか？

我が軍はまだ援軍らしい援軍を出せていない。帝国軍に打撃を与えていないなか、なぜ撤退や休戦などという話になるのだ？

疑問は尽きない。

不可解な点も多すぎる。

だが、軍議の場にはいつの間にか楽観的な雰囲気が広がっていた。

南、北と続き、今度は中央のフリートラントでも帝国軍撤退となるのでは？

しかし、フリートラントからの報せは待てど暮らせど一向にやってこない。

日が改まり、次の日になっても来ない。

皆が焦れる中、私は我関せずとばかりに平静な顔をしていた。だが、内心はこの場の誰よりも報せを待ち焦がれていた。

フリートラントは、ギュンターが援軍に向かった場所なのだ。大規模な軍勢同士がぶつかる戦場で、個人の安否など知る由もない。

だが、帝国軍がフリートラントからも撤退したならば、ギュンターが生存している可能性は高まる――。

ついに、待ち切れなくなった国王陛下が報告催促の使者を出すことを命じた。誰もが焦れる中、反対の声はない。

そうして使者の人選に入った時、ようやく伝令が到着した。

東部守備司令部からやってきたその伝令は、これまでで最も衝撃的な一報をもたらした。

「フリートラント前面の帝国軍は撤退！　フリートラントは消滅！」

訳がわからなかった。

敵がいなくなったのに、町が消滅するとはどういうことか？

町が消滅したというならば、そこにいた将兵や住民はどうなった？　私の弟は……無事なのか……？

私は震えそうになる声を抑え、動揺などという言葉とは縁も所縁《ゆかり》もないかのような顔をして、こじれた糸を解きほぐすように、慎重に伝令を問いただした。

伝令は動揺が激しく、取り立てて複雑でもない質問にも要領を得ない解答を続けたが、こちらが根気よく質問を続けるうちに落ち着きを取り戻し、ようやく次のようなことが判明した。

時系列に並べるとこうだ。

まず、フリートラントの守備隊から帝国軍撤退の報が東部守備司令部に届いた。司令部はこの報に沸き返る一方、ただちにある懸念の払拭《ふっしょく》に努めた。

それは、帝国と内通していた者の討伐――――。

帝国の侵攻当初より、司令部はある疑念を抱き続けていた。

重要拠点であり、難攻不落を誇っていたヘルツベルグ城やラウターベルク砦のあまりに早い失陥に、内通者の存在を疑っていたのだ。

その結果、ディルク・フォン・ハルダー卿に疑いの目が向けられた。

ハルダー卿は先年までヘルツベルグ城の副将を務めていたが、これを解任され軍を退役。

通常の人事ではあったが、ハルダー卿はヘルツベルグ城の守将の地位を望んでおり、この措置をひどく恨んでいたらしい。

退役後は王国東部の自領に戻り、余生を過ごしていたらしいが、彼の息子はヘルツベルグ城の部隊長のひとりとして残った。

そして帝国が侵攻した直後、ラウターベルク砦へ手勢を率いて入り、フリートラントにも転戦していた――。

帝国軍に奪われたヘルツベルグ城を熟知し、同じく奪われたラウターベルク砦に守兵としてその時その場にいた者が、王国に対する恨みを抱えていたのだ。

これはどう考えても怪しい！

ラウターベルク砦は彼が手引きし、ヘルツベルグ城は彼の息子が手引きしたのではないか？

私には状況証拠を積み上げただけのこじつけとしか思えなかった。

こんなことで内通者だというのなら、動機のある者が次から次へと登場し、収拾がつかなくなるだろう。

だが、司令部はこんな話を大真面目に信じ込み、ハルダー卿を内通者と断定。討伐軍を差し向けた。

その軍勢の目の前で、フリートラントはまばゆい光に包まれて消え去った……。

跡には草一本、石くれひとつ見当たらず、バターで切り取ったように滑らかな地肌をさらしているのみだと言う。

………ふむ。

どこかで聞いた話だな…………。

ハルダー卿には気の毒だが、私の興味はもはや彼にはなかった。

ギュンターの生存は、まだ絶望的ではない。町は消えただけであり、そこにいた者の死が確認されたわけではないのだ。

思わぬ収穫もあった。アルフレート先生とエルナ……、ふたりの行方について、何一つなかったはずの手掛かりが、思いがけない形で手に入ったのだから……。

伝令との問答が終わった後、フリートラント消滅の真偽を確認するための調査団派遣が決定された。

もちろん私は、一も二もなくその調査団に立候補した。

反対する者はおらず、むしろ地位ある私が赴くことに賛意を示す者が相次いだ。都市消滅という、にわかには信じ難い事態が起こったのだ。それなりの立場のある者が責任を持って調査をすべきだと、そういうことになった。

私に続き近衛騎士団長も立候補した。私が赴くことには反対しないが、近衛騎士団長として現地の状況をつぶさに把握したいと、そういう意見だった。

口にはしなかったが、私が目立つことが不満だったのだろう。作戦を巡って、散々ぶつかった相手だからな。

あの男は、自分に楯突くような真似をした者が許せないのだ。

そういう狭量な小心者だ。

もしかすると、自分が犯した失態の痕跡を隠蔽するのが目的かもしれない。奴の動向には目を光らせておかなければ。

間もなく調査団の話はまとまり、今度こそ軍議は散会となった。

退席しようとする私をヘフテン司法大臣、オスター大蔵大臣、オルブリヒト憲兵司令官が呼び止め、軍議の労をねぎらうとともに、調査の成功を祈ると激励していただいた。

私もおふたりに対して軍議中の配慮に礼を述べたが、おふたりは国のためですからと、恩に着せる素振りさえお見せにならず、互いに気持ち良く別れた。

その後、急いで屋敷に戻った私はただちに旅支度を調え、同行する家臣についても人選を終えた。

少し、気が逸《はや》っている。

フリートラントに赴いても、確実に何かがある保証はない。ただ、とにかく一刻も早く、現地へ辿り着きたかった。

結果的に、私のこの行動はアルフレート先生との再会へと結びつくことになるのだが、この時の私は、そんなことを知る由もないのであった。

# 第三話　捨てられ騎士は取り引きする

王国東部の首府ゴスラルの近く。

数十台の幌付き馬車が列を作り、森を抜ける街道を埋め尽くしていた。

かつては主街道として人馬の行き来が盛んだったこの街道も、道幅の広い新街道が整備された今となっては、昼間でも通る人は少ない。

馬車が通ればそれだけで一杯になるほどの狭い道幅の街道だからな。他に便利な街道があれば、そちらへ人が流れてしまうのも当然か……。

まあ、僕らのようにちょっとした悪だくみをしている人間からすれば、好都合なんだけどね。

先頭の馬車が、道端に置かれた石造りの小さな祠――拾う女神の祠の前で止まった。後ろに続いていた馬車も次々と足を止める。

姿を見せたのは商人風の格好をした老齢の男性――ハンスさんと、彼の商会で働くヨハンさんだ。

ふたりは祠の前で膝をつくと、手を合わせて祈り始めた。

少しの間、無言のまま祈り続けた後、ハンスさんが周囲に聞こえないような小声で呟《つぶや》いた。

「……馬車に積んだ商品、ちょっと不要になったんですが、どうしましょうかね？」

えらく棒読みのセリフだ。

すると、ヨハンさんがやっぱり小声で答えた。

「それなら捨てましょう。旦那様、それがいいですよ。ここなら捨てても、誰も文句言いません」

うん、こっちも棒読みだ。

ハンスさんが再び口を開いた。

「捨てる？　それはいい。決めたぞ。私は捨てた。馬車の荷は、一切合切全部捨ててしまいましょう。でも、いちいち下ろすのは面倒ですね。このまま誰かが持っていてくれないでしょうか？」

「来たきたキタ――――むぎゅ！」

「静かに！」

叫びかけた女神様の口を慌てて塞ぐ。

うまくいかないかな？　と思ったが、直後に祠からまばゆい光が放たれる。そして、馬車の荷台も同じ色の光に包まれた。

馬車に残っていた御者たちは何が起こったのか判断がつかず、目を白黒させている。誰かが騒ぎ出す前に、ハンスさんが大声で叫んだ。

「さあ、仕事は終わりましたよ！　ゴスラルに帰ります！」

この宣言に、御者たちはまたも目を白黒。

近くに止まっていた馬車の御者が、慌てて口を開いた。

「だ、旦那様⁉　なんかえらく光ってましたよ⁉　何が起こったんです⁉　本当に帰ってもよろしいので⁉」

「はっはっは。気にすることはありません。きっと陽の光が反射でもしたんでしょう」

い。


「そうです」

断言するハンスさん。

尋ねた御者は不安そうな顔つきながらも、妙に自信たっぷりに答える主人に反論することもできない。

仕方なく、馬に鞭《むち》を打って馬車を進ませた。

「あれ？　なんか……軽い……？」

御者が荷台を覆う幌の中をのぞき込む。

「なっ……！　た、大変です！　旦那様！　荷がありません！　積み込んでいたはずの荷がなくなっています」

動き出したはずの馬車が急停止する。

後ろのほうまで騒ぎは連鎖していく。

混乱する御者たちに、ハンスさんは朗らかな笑顔で答えた。

「何を言ってるんです？　荷はとっくの昔に下ろしましたよ？　ヨハン、そうでしたよね？」

「旦那様のおっしゃるとおりです。納品はとっくの昔に終わっています」

「は？　で、でも……私らはゴスラルから馬車を進めただけで、どこにも停まってなんかいませんでしたが――」

「ひ、陽の光？」

「おや？　忙しくて疲れているのかもしれませんね？」

「へ？　つ、疲れている？」

「そうです。さあ、早く帰って休んだほうがいい。皆、早く馬車を進めてください！」

荷がなくなっても主人に気にするなと言われてしまえば、御者たちは従うしかない。誰の頭にも疑問符が浮かんでいるが、馬車の列は徐々に前へと進み始めた。

車列が通り過ぎた後、祠の陰に隠れていた僕とフィリーネはハンスさんとヨハンさんの前に出た。

「いやいや、すみませんね。余計な手間をかけちゃって」

「何のこれしき！　御者たちには気の毒なことをしましたが、ほかならぬアルフレート様と拾う女神様のご注文ですからね！」

「荷を下ろす手間が省けて手前としても大助かりですよ！　無事に荷の受け渡しが終わったようでようございました」

そう、僕たちは取り引きをしている。

フリートラントに残された人たちの食料をね。

「むぐ……むぐぐ…………」

とそこで、僕の手の中でフィリーネがジタバタと動いた。

「おっと悪い」

「ぷはぁ！　もうっ！　みんないなくなったんだから早く手を離してよ！　窒息しちゃうかと思ったわ！」

「へえ？　女神様でも窒息するんだ？」

「アルフ？　面白がっているでしょ？」

「…………さあ？」

「アルフっ！　エルナに言いつけるわよ！」

「ゴメンゴメン。悪かったよ。ほんの出来心で……」

「まったくどうなんだか……。それより、あと何回これを繰り返したらいいの？」

文句を言いつつも、若干ホクホクした顔をしているフィリーネ。

理由は、もうおわかりだろう。

「捨てられしもの」――馬車数十台分の食料を拾ったせいだ。

別にフィリーネがひとりで全部を食べるわけじゃないし、魔境に帰ればフリートラントに放出してしまうんだが、とにかく拾うことができて満足しているみたいだ。

さすがは拾う女神。

拾うことそのものが大切らしい。

「何回でもいいのよ？　拾えば拾っただけ、私の力も強まるんだからね？　うふふふふ……」

「うちの女神様はこうおっしゃっていますが、同じ作業があと十回でしたっけ？」

「ええ！　それで二万人の三か月分の食料となります！」

「お手間をかけます。ハンスさんがあのシュティーフ商会といっても、これだけの量を調達するのは大変でしょう？」

この祠の近くで盗賊に襲われていたハンスさんと出会った時、どこかで聞いた名前だなと思っていたんだ。

今回、改めてゴスラルにある商会を訪ねて驚いた。軒先に「シュティーフ商会」と書かれた看板がかかっていたんだからね。

シュティーフ商会と言えば、王国や貴族への貸し出しすら引き受ける国内有数の大商会だ。

先代の商会長——ハンスさんが行商人から身を起こし、一代で大商会へと育て上げたこともあいまって、王国内では抜群の知名度を誇っている。

ハルダー卿とどこで知り合ったのか気になっていたが、ヘルツベルグ城の元副将と大商会の元会長なら、軍需物資の調達でいくらでも知り合う機会があっただろう。

そんなハンスさんが行商人をやっているとは驚いた。

先代は商会の経営を子どもたちに任せて自身は気ままな楽隠居《らくいんきょ》と聞いていたが、まさか引退後に行商人をやっているとは夢にも思わなかったのだ。

ハンスさん曰く、初心を忘れないために……ということなんだそうだが、引退しても初心を忘れないことを胸に働こうだなんて、なかなかできることじゃない。

そんなハンスさんは、心配顔の僕を前に「ドンッ！」と胸を叩く。

「お任せください！　戦が終わって不良在庫を抱えていた商人たちも喜んでおりますからね！　私の息子たちも張り切っておりますよ！　間違いなく、お品のほうは調達いたします！」

「ありがとうございます」

「ところで……ですね？　お祈りの仕方はあんな感じでよろしかったでしょうか？」

少し不安そうなハンスさん。

ヨハンさんも「セリフを噛まずに言えたでしょうか?」と気にしている。

「すみませんね。あんな小芝居をお願いしてしまって……」

「ちょっとアルフ! 何が小芝居よ! 拾う女神に対する神聖な祈りの儀式よ!」

「神聖ねぇ……」

フィリーネが拾う女神の能力を発揮して拾うには、あくまで「捨てられしもの」が対象でなければならない。

まあ、それはわかる。

これでも一応は女神様なんだから、何でもかんでも区別なく拾っては、女神の沽券《こけん》もへったくれもありはしない。

困難に直面したものを救ってこそ、神聖さも増すってもんだ。

ただ、本気で捨てるつもりもないものを、一芝居打って捨てるフリをさせるなんて、なんというか……自作自演の詐欺なんじゃないか?

そう思えてならない。

フィリーネに言ってやったのかって?

もちろん言ったさ。

そしたら「アルフの意地悪!」って、一晩中耳元で泣かれた。

女神の威厳を取り戻すために何にでも融通を利かせる割に、痛いところを突かれると弱いらしい。

夜眠ることができないからもう二度と言うつもりはないけどね……。

《主殿よ、そろそろ後を追ってはどうか？》

エクスカリバーが腰から指摘する。

「そうだな。お〜い！　ジークムント！」

森の中へ呼びかけると、赤髪の青年姿に人化したジークムントが姿を見せた。邪魔が入らないか、森の中でずっと警戒してくれていたのだ。

「ふむ。用は済んだのか？」

「まだだ。これからハンスさんたちの馬車に乗せてもらってゴスラルへ向かう。支払いをしなくちゃいけないからね」

「ここではダメなのか？」

「大金だからね。護衛がてらゴスラルまで行って、商会に着いてから渡すんだ。そのほうが安全だし」

僕がそう言うと、ハンスさんとヨハンさんが何度も頷《うなず》いた。

ふたりとも、盗賊に襲われた記憶は未だに鮮明らしい。

ゴスラルまで一緒に行きましょうと提案すると、一も二もなく賛成してくれたのだった。


ゴスラルに到着するまでしばらくかかる。

馬車の荷台に乗り込んだ僕たちは、ヨハンさんに御者を、ジークムントに周囲の警戒を任せ、互いの近況について話し合っていた。

「ほほう？　それではブルーメントリット卿はどうしても残るとおっしゃり、自説を曲げないと？」

「そうなんですよ……。まったく困り果てていまして……」

僕が言うと、フィリーネが「何言ってるのよ」と口を挟んだ。

「本人が残ってくれるって言うんでしょ？　それなら残ってもらったらいいじゃない。アルフはケチなんだから！」

「僕がケチ？　なるほど。で？　本音は？」

「信者になってくれそうな人はひとりでもたくさんいたほうがいいじゃない！」

これである。

「はあ……。まあ、信者の件は置いておくとして――」

「置かないで！」

「置くんです！」

「もうっ！　強情なんだから！」

「なんとでも言ってくれ！」

「ははは……。ところでアルフレート様は、どうしてブルーメントリット卿に戻ってほしいとお考えなのですか？」

「ギュンターはまだまだ若いし、優秀な男だから将来にも望みが持てます。伯爵家当主の兄を支えるにしろ、近衛騎士として身を立てるにせよ、きっと大成するに違いありません。ですが、魔境ハルツに残っても……」

「ちょっと！　ずいぶんな言い草ね！　魔境にはこの私がいるの！　これから大発展するのよ!?」

「ああ、はいはい」

「返事がテキトーすぎよ！」

「まあまあ女神様。アルフレート様はお弟子さんの行く末を気にかけていらっしゃるのです」

「そうなの？」

「そうだよ！　いったい何だと思ってたんだよ!?」

フィリーネめ……。

信者を増やすことに目がくらんで僕の話をまともに聞いてないな？

「ところでアルフレート様。ブルーメントリット卿をどのように説得なさるおつもりなのですか？

やはり、兄君のエリアス様……でしたかな？　そのお方にお願いするので？」

「いえ、それがですね……。それも考えものでして……」

「とおっしゃいますと？」

「自慢じゃありませんが、ブルーメントリット兄弟にはかなり慕われている自覚はあります」

「自慢ね」

「ちゃちゃを入れない！」

「は～い」

「はあ……。要はですね、エリアスに説得してくれと頼んでも僕の味方にはなってくれないんです。伯爵家の家督を継いでいなければ、自分が魔境に行くって言い出しかねませんから。たぶん、自分は無理だからお前は先生のお役に立てって、ギュンターを激励するでしょうね。」

「はあ……それはまた……」

「ミイラ取りがミイラになるってやつね！」

「エリアスの場合は、そもそもミイラを取りに行く気さえないと思うよ？」

一応指摘しておいたが、フィリーネは「うまいこと言ったでしょ？」と勝手に鼻高々としている。

「ベック公爵にお願いしたんですけどね……」

「ダメでしたか？」

「公爵もエリアスに頼めと……。けんもほろろに断られました」

「もうこうなったら諦めて受け入れてはいかがです？」

「ハ、ハンスさんまで⁉」

「若者の熱情を否定するばかりではいけません。受け入れて、様子を見てみるのも一案ですよ」

ハンスさんは「アルフレート様は思ったよりも頑固なのかもしれません」と肩を揺らして笑った。

ギュンターの話が一段落し、話は南部諸侯の兵士たちの帰還と、東部の情勢に移っていた。

「合計で千名の兵士を帰還させるのですか……」

「そうなんです。犠牲が少なかったのはよかったんですが、今度は還す人数が結構多いって問題に直面してましてね」

「移動は女神様の祠を通じてですか？」

「炎龍に運んでもらおうかと思ったんですけど……」

彼らは僕を主と仰いで仕えてくれてはいるが、なんでもかんでも言うことを聞いてくれるわけじゃない。

その最たるものが「上位と認めた者以外は自分の背に乗せない」だ。

エルナを助けたり、ベック公爵を接待――もとい、公爵と密談するために乗せるくらいが関の山。

兵士の輸送なんて真似をさせたら、彼らの誇りをいたく傷つけてしまうだろう。

ジークムントにそれとなく尋ねてみたら「ブルクハルトには絶対に言ってはならぬ」と、とてつもなく冷たい声で言われてしまった。

「困っているのが王国南部に使える祠がないってことなんです。東部には、さっきの祠と、ヘルツベルグ城近くの祠。それからフリートラント近くの森の祠と、三つ揃っているんですけどね」

「ねぇ、アルフ？　ちょっと南部で私の祠、探してみない？　それでね？　さっきみたいに捨てるフリさえしてくれれば――」

「却下」

女神様の欲深い提案は一刀両断に否定しておく。

当然、「なんでよ!?」と抗議の声があがるが……。

「あのねぇ？　簡単に言うけど、祠のある場所に心当たりでもあるの？」

「ないわよ！　だから探すの！」

「王国南部がどれくらいの広さなのか、おわかりの上でおっしゃっているんでしょうね？　女神様？」

「へ？」

「魔境ハルツ……とは言わないけど、それなりに広いんだよ。当てもなく探しても、見つからないだろうね。間違いなく」

「うそぉぉぉぉぉぉ!?」

「と、いうわけで、諦めてくださいませ」

ガッカリと肩を落とすフィリーネ。

やっぱり、欲をかくとロクなことにはならないねぇ……。

そんな様子を見て、ハンスさんが苦笑いしながら口を開いた。

「東部の祠の近くには町や人家はなさそうですが、いきなり千名の軍隊が現れるとさすがに目立ちます。少なくとも何十人単位に分ける必要がありそうですね」

「そうです。そこで伺いたいんですが、僕たちがフリートラントを拾ってからの東部の情勢は如何です？　ハンスさんが大規模な商隊を組めるくらいですから、ずいぶん落ち着きを取り戻してるんじゃないかと思っているんですが？」

「戦の危険がなくなりましたからね。緊張は一気に緩んでいますよ。ただ……」

「何か懸念が？」

「ええ。実は戦が終わったのに各地からの軍が続々と集まっているんです」

「それはまたどうして？」

「援軍として東部に向かっていた部隊が今になって到着しているのですよ。念のために帝国の逆襲に備えているようですが、私が聞く限り、どうも情報伝達の不備が原因ではないかと……」

商売仲間を通じて入った情報によると、東部へ到着した部隊には帝国軍撤退を知らない者も多いらしい。

東部に到着し、現地の住民から「戦は終わった」と聞かされて、目を剝くほど驚く兵士が続出しているという。

そして、いつまで経ってもその状況に改善が見られないらしい。

良い情報にせよ、悪い情報にせよ、正確かつ迅速に伝えるのが情報伝達の鉄則だ。それは、急な情勢変化を言い訳に疎かにしてよいものじゃない。にも拘らず、今の王国軍はそれができていない。

王都の近衛騎士団に問題があるのか、東部を守る東部守備司令部に原因があるのか、それともその両方か。

ハンスさんは「嘆かわしいことです」と首を振る。

僕もまったく同じ気分ですよ……。

「でも、それは僕らにとって好都合ですね。他の部隊に紛れ込むことができるかもしれません」

「うまくいくでしょうか？」

「可能性は大いにありますよ。いっそのこと、千名一気に還してもいいかもしれません」

「一気にですか？　目立ってもよろしいので？」

「むしろ目立たせるんです。我こそは援軍なりってね。少人数より、それなりの人数の部隊のほうが体裁も整うでしょう」

「なるほど……。それはいいかもしれません」

「援軍が数多く集まっている場所はありますか？」

「やはりゴスラルでしょうな」

「となると、さっきの祠に転移して、ゴスラル経由で帰るのが妥当かな？」

他の地域についても、ハンスさんから情報を聞く。

話すうちに、だんだんと具体案がまとまっていった。

準備が整えば、すぐに出発させてもいいかもしれない。むしろ、東部に軍勢が溢れているうちに、さっさと実行すべきだろうな。

「そういえばアルフレート様。フリートラントに避難した方々はどうなさるのです？　先ほどから南部諸侯の兵を還す話ばかりですが……」

ハンスさんは、自分が避難民の子どもたちを預かったこともあり、彼ら彼女らの行く末を案じているようだった。

子どもたちには、早く元の生活に戻ってほしいと、切に願ってくれているのだ。

「拾われた経緯が経緯ですからね。お前たちは反逆者だ、全員討伐だって言われたわけですから……。

皆、怖がって帰りたがらないんです」

「やはりそうでしたか……」

「魔境への移住を望んでいる人もいます」

「ですが、家も財産も失った方々でしょう？　生活はどうやって立て直すのですか？」

「その時こそ私の出番ね！」

フィリーネが元気を取り戻した。

「家も畑も捨てられしものの忘れ物……。すなわち！　私が拾っても問題なし！」

「は？　そ、そんなことが可能なのですか!?」

「ええ、まあ……。実績もありますんで……」

そう、ヴァイトリング邸という実績がね。

エルナの忘れ物ってことで、フィリーネが拾って魔境に移設している。

屋敷をひとつ、庭も地下室も丸ごと拾えるなら、庶民の家くらい何の問題もないだろう。

「我が主よ？　よろしいか？」

御者台に座っていたジークムントが顔を覗かせる。

「どうした？」

「間もなくゴスラルに到着するそうだ。だが、ひとつ問題がある」

「何？」

「軍勢が隊列を組んでこちらへ進んでくる。我らへの敵意は感じぬが……どうする？」

ハンスさんと顔を見合わせる。

もしかしたら、さっき話に聞いたどこかの援軍かもしれない。

敵意がないなら問題はなさそうだが……。

「ハンスさん、馬車を道の端に寄せましょう。万が一、トラブルにでもなれば厄介ですから」

「手前も同じことを考えておりました。ヨハン！」

「はい！　旦那様！」

こちらの話が聞こえていたのだろう。

手綱を取るヨハンさんはすぐさま馬車を道の端に寄せ、停車させる。

しばらくして、軍勢が目の前まで迫った。

先頭を馬で進む騎士が、馬車の前に立つ僕たちを見下ろした。

「うむ！　殊勝な心掛けだ！」

えらく尊大な態度で言いつつ、通り過ぎていった。

先に馬車を止めておいてよかったよ。そのまま進めていたら、あの騎士にどんな難癖をつけられていたかわからない。

ホッと一息つく僕の目の前を、東部守備司令部の軍旗が通り過ぎていく。

だが、安心したのもつかの間、ジークムントから怒気が溢れそうになる。

慌てて腕を引っ張り、小声でささやいた。

「やめとけ！　誇りが許さないのはわかるけど……」

「我輩はどうでもよい。だが、我が主に対するあの態度……！」

「ああいう偉そうなのはどこにでもいるもんだ。いちいち気にしてたらキリがないぞ。それに見てみろ。すごく長い隊列だ。軽く千人以上はいるぞ？」

隊列の最後尾は未だに見えない。

千人以上といったが、これは二千人か、それとも三千人か、それくらいいてもおかしくなさそうだ。

「こんな数を相手になんかできないだろ？」

《主殿の言うとおりだ、ジークムント殿。ここは自重を》

エクスカリバーも諫めてくれるが、ジークムントは首をふる。

「みくびるな。我輩なら瞬きする間もなく屠《ほふ》ってみせよう」

「大虐殺になるからダメだって言ってるんだよ……！」

《けっけっけ！　炎龍の旦那ばっかり活躍するなんてズリィぜ！　俺様にやらせな！》

「こらミストルティン！　こんなところで入ってくるな！」

《だってしばらく撃ってないんだぜ!?　体がなまってよ！》

「だってもクソもない！」

《問題ないぞえ？　妾が癒やせばよいのじゃ！》

「カドゥケウスも黙りなさい！」

やたら血の気が多い相棒たちを小声で黙らせる。

まるで自分の体に向かって独り言を呟いているみたいだ。何人かの兵士が怪訝そうな顔でこちらを見ていた。

声をかけられなくてよかった……。

はあ……。

冷や汗ものだよ……。

結局、軍勢が通り過ぎるまでかなりの時間がかかってしまった。

もう日が傾き始めている。

「さあ、先を急ぎましょう」

ハンスさんが促す。

ヨハンさんはすでに御者台へ上がり、馬車を動かす準備をしていた。

ゴスラルの町の姿はすでに見えているのだ。

急いで進めば、日が落ちる前に到着できる。

でも、その後も二度、軍勢と出くわし、その度に足止めを食らってしまう。

最初にすれ違った軍勢と同じく、東部守備司令部の軍旗を掲げた千人単位の数の部隊だ。通り過ぎるにもそれなりの時間がかかる。

何度も何度もはた迷惑な話だ。

普通ならそう思うだけなのだが、ちょっと気にかかることがある。軍勢が行き来すること自体に不思議はない。つい先日まで近辺で戦をしていたわけだし。

そうではなくて――。

「アルフレート様？　どうかなさいましたか？」

「ああ、いえ……。ちょっと気になることがありまして……」

「すれ違った軍勢ですか？」

「そうです。たぶんゴスラルからやってきた軍勢だと思うんですけど、こんな時間に出発するなんて変だな、と思いましてね。もうすぐ日が暮れます。夜営の準備が間に合うのかな？」

「目的地がすぐ近くなのではありませんか？」

「……そうですね。そうかもしれません。すみません。細かいことを……」

「とんでもありません。アルフレート様のおっしゃることももっともですよ。行商人が野営の準備をするだけでも、それなりに手間がかかります。日が暮れる前に水やたきぎを確保しなければなりませんし、食事の用意も必要です。それが大人数の軍隊となれば、場所の確保だけでも一苦労でしょう」

「そうなんですよ。日が傾きかけてからそんな準備をしていては遅すぎるんです。まるで野営をする気がないみたいに思えましてね……」

「野営する気がない？　それは例えば、どんな場合なのですか？」

「味方の城に行くつもりなら野営は必要ありませんし、目的地で味方が陣地を築き終えて野営の準備を整えている場合も必要ありませんね」

「城ですか……。この近くにはゴスラル以外にはありませんね。手前どもが馬車を進めた途中にも、陣地らしきものは見かけませんでしたね」

「城も陣地もないとすると、夜に野外で戦うつもりか――要は夜襲ですね」

「夜襲？　帝国軍はもうおりませんよ？」

「そうなんです。だからどうするのかなって……。それにですよ？　あんな大勢で行軍するなら、道幅の広い主街道を進んだほうがいいじゃないですか。帝国軍もいないんだし、通行を妨げる者はいません。軍隊の行動を秘匿する必要だってありませんからね。何だってこんな道幅の狭い旧街道を選んで通っているんだろう？　旧街道沿いに何千人もの軍隊が向かうべき場所なんてあるのかな？　普通は主街道沿いだと思うんですけどね……」

「さすがは元騎士でいらっしゃいますね。そんなところに気づかれるとは。おみそれしました」

「いえいえ……。変なところに引っかかっただけで……」

そう言いつつも、すれ違った軍勢が何をするつもりなのか、どうにも気になって仕方なかった。

僕の気配を察したのか、ハンスさんが「手前の商会に到着したら調べてみましょうか？」と言ってくれた。

「よろしいんですか？」

「アルフレート様がそこまで気になさるのです。手前もなんだか気になって参りましたよ」

ハンスさんはそう言ってこころよく請け負ってくれた。

だけど、調べるのに大した時間は必要じゃなかった。

ゴスラル市内にあるシュティーフ商会に到着するや、ハンスさんの息子さんが慌てて走り込んできたのだ。

「よかった父さん！　無事だったんだな⁉」

「おいおい。何の話だい？　私はこのとおり五体満足だよ。なにせアルフレート様が護衛についてくださったんだからね」

息子さんは「そうならそうと、出発前に教えてくれよ！」と苦情を言いつつ、事情を説明し始めた。

「東部守備司令部が討伐を始めたんだよ！」

「討伐だって？　今更何を討伐するっていうんだ？」

「フリートラントにいた貴族や騎士の領地に攻め入るつもりらしいんだ！　フリートラントは消滅してしまっただろ？　それで領地のどこかに隠れているんじゃないかって！　彼らの屋敷や村を焼き討ちするって噂も出てる！」

青い顔のハンスさんと目が合う。

きっと僕の顔も同じ色だ。

くそっ！

あり得る話だった！

どうして気づけなかったんだ⁉

眼下を松明《たいまつ》の列が東へと向かっている。

数は二、三百といったところ。小さな村ならば、簡単に落とすことのできる人数だ。

列の向かう先には、ポツポツと人家の灯りらしき光も見える。

間違いない。

目的地はあそこだ！

「ジークムント！　急降下！」

《承知した！》

指示を出すと、ジークムントはすぐさま降下体勢に移った。落ちないように、ゴツゴツしたウロコを強く摑んだ。

顔に当たる空気が痛い。

髪も耳も引き千切れてしまいそうだ。

まともに息もできない。

吸おうとしてもうまく吸えず、吐こうにものどが詰まって息が出てこないのだ。

とにかくできることといったら落とされないように、手の感覚がなくなるほど強く、ウロコを握り締めるだけなのだ。

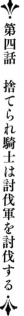

それも、ジークムントの背にほとんど寝そべるようにしてしがみつかなければ間違いなく吹き飛ばされてしまう。

これで三回目なのだが、とてもじゃないが慣れることなんてできない。

これでも一応は加減してくれているらしいが、炎龍ならぬ人間の身には耐えがたいほどに辛い――。

《ゴアアアアアアアアアアアアアアアアアアアアアッ!!》

降下途中に凄まじい雄叫び。

松明の灯りが動揺したかのように揺れ、その場に止まる。

こっちは鼓膜が破れそうなくらい、耳の奥が痛い。脳みそが左右前後からぶん殴られたような感じもして、気を失いそうになる――。

《上昇する!》

「…………!!」

僕が振り落とされないよう知らせてくれている。

だけど、「うん」という一言すら答える余裕はない。

星明かりは雲で隠れて真っ暗。

今が急降下しているのか、急上昇しているのか、正直に言ってわからなくなってきた。

なんとなく下方向に引っ張られているような感覚がするから、急上昇だろうか？　急降下の時は上方向へ吹っ飛ばされそうな感覚だったし…………。

当然、松明の列が今どうなっているかもわからない。

ただ、急降下と急上昇で巻き起こされた烈風によって、地上はそれなりに大変なことになっているに違いない――――。

《停まるぞ！》

今度は急上昇の途中で急停止。

ジークムントの翼が「バサリッ！」と大きな音を立てたのがわかった。

急上昇の勢いのままに中空に投げ出されそうになったが、両手、両腕、両太ももと、全身に力を入れて、なんとか耐え切る！

《ガアアアアアアアアアアアアアアアアッ‼》

再びの雄叫び。

そして――――。

《ゴオオオオオオオオオオオオオオオオオオオッ‼》

夜空に放たれる炎の奔流。

瞬時に、ジークムントの姿が浮かび上がる。

彼の背にいる僕には見えないが、闇夜に炎で照らされたジークムントは、さぞかし恐ろしげな陰影を刻んでいることだろう。

ようやく呼吸が整い、目を動かして地上の様子を確認できる程度には余裕が出てきた。

列を成していたはずの松明は、クモの子を散らすように、てんでバラバラの方向に動き始めている。

ごく少数だが、村と思しき場所へ向かう松明もあるようだ――。

「エクスカリバー！　ミストルティン！　出番だぞ！」

《承った！》

《おっしゃ出番だぜっ！　ヒャッハ――――！》

背負っていたミストルティンを構える。

「どうだエクスカリバー？　村の方向に人の気配はあるか？」

《うむ……。村人と思しき者たちが家屋から出てこちらのほうを見ている。だが、村の外には出ていないようだ。村の外にあるのは王国兵の気配のみ！》

「了解……。それじゃあミストルティン、村へ向かっている連中を追い返すぞ！　連中の行く手に着弾させるんだ！」

《あんだって!?　当てねぇのかよ!?》

「兵士たちは命令に従っているだけだ！　殺すのは禁止！　傷つけるのもなるべく回避！」

《へいへいっ！　お優しいこって！》

「これも腕の見せ所と思ってくれ！」

《わあったよ！》

「じゃあいくぞ！　当てるなよ⁉」

ミストルティンを構えると、不可視の弦《つる》と矢が現れる。

やや重い手ごたえ。

一杯に引き絞り――――。

「――――っ！」

弦はひとりでに指を離れ、「カ――――ンッ！」という甲高い音が夜空に響く。

次いで空気を切り裂く音が響き、不可視の矢が飛んでいく。

一本ではない。

おそらくは村へ向かう松明の数よりもはるかに多く、幾百本、幾千本もの矢が飛んでいく。

ひと呼吸置いた後、地上から数え切れないほど無数の爆発音が聞こえた。

ひとつひとつは小さいだろうが、一斉に鳴り響いたそれは、山が崩壊したような轟音《ごうおん》にも聞こえる。

松明の灯りが見えなくなった。

土煙が盛大に上がっているからに違いない。

さて、ミストルティンを信用しないわけじゃないが、死人や怪我人は出ていないだろうな？

地上からは、爆発が済んだ後も地鳴りのような音が聞こえてきた。

とても人間が生きているようには思えないが…………。

《むっ……。主殿、ご安心なされよ》

「エクスカリバー？」

《再び気配を感じ取れたぞ。王国兵に死者は出ておらぬ。怪我をした者はいるだろうが、それでも五体満足ではあるようだ》

地上を確認してみる。

土煙も晴れつつあるのか、松明の光が再び見え始めた。

でも、動き方がなんだかすごく不安定だ。

あっちにふらふら、こっちにふらふらと、酔っ払いの千鳥足みたいに見える。

まあ、あんな爆発に巻き込まれちゃあ、怪我がなくともこうなるか……。

「ふう……。ここはもういいか……」

《我が主よ。あちらを見てみよ》

ジークムントの頭が動く。

目を転じてみると、ずっと向こうのほうに五つ、六つと、夜空に炎が浮かぶのが見えた。

空の上にいると距離感が狂ってしまうが、一番近いものでも徒歩なら数時間はかかる距離かもしれない。

《ブルクハルトらもうまくやっているようだ》

「ああ……。頼もしく思うよ……」

《では、直接言ってやってくれ》
どこか誇らしげに鼻を鳴らすジークムント。
「それじゃあ先を急ごうか。ハルダー卿の領地はもうすぐのはずだ」
《うむ！》
これで終わりじゃない。
討伐に動き始めた王国軍は、まだまだいるんだからな！

ゴスラルのシュティーフ商会で討伐の話を聞いた直後、僕は再び拾う女神の祠へと向かい、魔境ハルツへ戻った。

そして、討伐への対策を話し合うため、ハルダー卿をはじめとする王国東部の貴族や騎士をフリートラントの市庁舎へ招集した。

討伐の話を聞いたハルダー卿たちは、すぐに自分たちを帰してほしいと懇願した。領地に残してきた家族や領民を守るためだ。

「落ち着いて聞いてください。僕が聞かされた情報によると、東部守備司令部が討伐に動員した兵力は少なくとも一万を超えています」

「なっ……！　一万ですと⁉」

「ゴスラルの兵に加えて、各地から集まった援軍も動員されています。僕自身も討伐の軍勢を見かけましたが、合わせて四、五千はいたと思います。僕が見かけた軍勢だけでも、そんなにいたんです。下手をすると、二万や三万を超える兵が討伐に動員されているかもしれません」

「なんてことだ……」

全員が言葉を失う。

フリートラントにいる兵は、南部諸侯の兵を除けば三千程度しかいない。

王国軍は各地に分散して討伐を行うだろうが、守るこちらも各地へ分散しなければならない。条件は同じだ。

数の上では、どうやっても太刀打ちできない。

事態を理解した人々の間から、悲観的な意見が出始めた。

「東部守備司令部はフリートラントの住人ごと我々を討伐しようとしたんだ。我々の領地もどんな目に遭うか……」

「家族や民をむざむざ殺されるくらいなら、ゴスラルへ出頭したほうがマシか……」

出頭した先に待っているのは死刑しかあり得ない。

司令部は自分たちの失態を隠すため、フリートラントにいたハルダー卿たちにありもしない罪を着せているに違いないからだ。

でも、そんなことは絶対にさせない……！

「皆さん、僕からひとつ提案があります。聞いていただけますか？」

「ヴァールブルク殿？　提案とはいったい……？」

「……領地丸ごと、ここへ移る気はありますか？」

「なんですと……!?」

ハルダー卿が絶句する。

他の面々も様子は同じだ。

「そ、そんなことが可能なのですか!?」

「よく思い出してください。ヴァイトリング邸は、どうやってここへ移ってきましたか？」

「ああっ！　そうかっ！　たしかヴァイトリング卿の――『捨てられしもの』の『忘れ物』とかいう屁理屈で――！」

「ちょっと！　屁理屈は余計よ!?」

怒れる女神様が姿を現した。

「『捨てられしもの』の『忘れ物』は完全無欠の完璧な理論なの！　揺るがしようがない神の摂理よ！」

「こ、これは大変な失礼を……」

「そう思うんならアタシの祠に貢ぎ物をお供えしなさい！　そうねぇ？　今回は葡萄酒か麦酒の樽ひとつで――むぎゅ！」

「はいはいはい。貢ぎ物なんて必要ありませんよ」

話がややこしくなるので、フィリーネを手近な引き出しに突っ込んでおく。

「冷静に考えてみてください。問答無用で討伐しようって連中が、皆さんが出頭したところで領地への手出しをやめるでしょうか？　それに討伐軍はすでに出発しています。今からゴスラルへ出頭しても、軍を止めるのに間に合わないかもしれません」

「………」

皆が押し黙る。

心配のあまり出頭を考えたものの、よくよく考えれば出頭しても意味をなさない可能性が高いのだ。

これでは本人たちも、家族や領地も、全滅することにしかならない。

「こちらへ移れば、家族にも領民にも不便を強いることになります。ただし命は助かります」

「また、帰ることができるでしょうか？」

「ほとぼりが冷めればまた元の場所へ戻ることができる……と言いたいところですが、領地への討伐が決まった今、叶わないと思っていたほうがいいでしょう」

「そう……ですか………」

「領地丸ごと拾うには、『捨てられしもの』――皆さんに同意いただかなくてはなりません。同意、いただけますか？」

考える時間を作ってあげたいが、事は一刻を争う。

悩んでいる暇はない。

真っ先に手を挙げたのは、やはりハルダー卿だった。

「同意する――いえ、ぜひともお願いしたい！　家族や領民には恨まれるかもしれないが、それでも救いたい――！」

リーダー格のハルダー卿が同意したことで、他の人々も次々と手を挙げた。

生き残らないことには未来はなくなる。

結局、全員が領地丸ごと拾うことに同意した。

「ありがとうございます。それでは早速出発します。皆さんは、女神の祠の前で待機しておいてください。ご家族や領民を説得するためにお越しいただくかもしれません」

「わかりました。どうか……どうか、家族や領民をよろしくお願いします……！」

ハルダー卿が僕の手を握る。

ほんの少し、彼の手は震えていた。

みんなを連れて市庁舎の外へ出ると、女神の祠の前に赤髪の男女が十人ほど待ち構えていた。

先頭に立つのは、いつもの黒スーツ姿に人化したジークムント。

その横に立つのは、白スーツに白いマントを羽織り、片眼鏡をつけた赤髪の青年だ。精悍な顔つきのジークムントに対し、白スーツの青年はいかにも優男《やさおとこ》といった雰囲気。

「もしかして……ブルクハルト？」

「いかにも。主のお召しと聞いて馳せ参じた」

「休んでいたのにすまなかったな」

「構わぬ。だが、すぐに動けるのはこの我ら十頭だけだ。他は龍の峰にいるのでな。時間がかかってよいのなら、五十頭でも、百頭でも呼び寄せるが？」

一頭いれば一国が滅ぶのが炎龍だ。

それが十頭もいる。

十分な戦力と思えるが、ここは念には念を入れておこう。

「頼む。呼べるだけ呼んでくれ。現地で合流してくれればいいから」

「わかった。で？　我らは具体的に何をすればいいのだ？　ジークムントから彼らの一族を救うためと聞いているが？」

ブルクハルトがハルダー卿たちに目を向ける。

「まさか……炎龍たちが助力してくださるので⁉　なんとありがたい……！」

「本来、我らは他の種族の争いに介入することはない。だが主と拾う女神殿たってての希望とあらば断ることはできぬ。運がよかったと思うことだ」

ちょっとツンとトゲのある言い方のブルクハルト。

目線は中空を泳いでいる。

どうやら感謝の気持ちを向けられて照れているようだ。

「君たちには討伐に向かう王国軍を追い返してもらう」

「屠れとの仰せか？」

「殺しちゃいけない。兵士たちは命令に従っているだけだからな」

「ふむ。願ってもないことだ。我らは無用な殺生を好まぬからな。ところでどのような方法で追い返せばよいのだ？」

「君らの判断に任せるよ。被害を出さないなら、炎を吐いてもいいからな」

「ふむ……。泡を吹いて気を失う程度におどかしてやるとしよう」

ブルクハルトが不敵に笑う。

人化した炎龍たちも腕をブンブン回したり、どうやっておどかそうか相談したりとやる気満々だ。

ジークムントもそうだけど、炎龍って色々と細かいことを言う割に、意外とノリがいいところもあるんだよな……。

「よしっ！ それじゃあ出発しよう！ フィリーネ！」

「はいはい！」

拾う女神の祠が輝き出す。

僕は炎龍を従えて、祠へと飛び込んだ。


帝国軍は二、三百人くらい――おおよそ一個中隊程度に分かれて、村々へ夜襲を試みているらしい。

そのせいで、どうも予想以上に広い範囲に展開しているようだ。

星明かりのない暗い夜空には、あっちこっちで炎が咲いており、さっきから耐える気配がない。

「カドゥケウス？ ちょっといいか？」

《ほほほ！ 妾《わらわ》の出番かえ？》

「ああ。ブルクハルトに連絡を取りたい」

《任せよ！ ぬむむむむ………》

カドゥケウスの唸り声が収まると、頭の中にブルクハルトの声が響いてきた。

『ぬわははははははははっ！　泣けっ！　叫べっ！　そして我にひれ伏せ人間ども！　手向かう者は骨まで焼き尽くしてくれようぞ！』

「あ――……、ブルクハルト？」

『ぬはははは……⁉　あ　主か⁉』

「盛り上がっているとこと悪いんだけど……」

『も、盛り上がってなどいないぞ？』

《なんだと？　では、あの笑い声はなんだというのだ？》

『ジークムント⁉　貴様にも聞こえていたのか⁉』

あっちのほうでなんかドタバタする音が聞こえる。

「お取り込み中のところ悪いけど、今ちょっといいかな？」

『も、もちろんだ』

「龍の峰から向かっている炎龍だけど、どこまで来ているかな？」

『うむ……。しばし待たれよ……』

ブルクハルトが雄叫びを挙げる。

これが炎龍の連絡手段なのだ。

どうやって聞き取っているのかわからないが、遥か彼方の同族まで届くのだという。

カドゥケウスが音を抑えてくれているのか、ジークムントの時とは違って耳が痛くなることはない。

《む……。返事が返ってきたぞ》

『こちらにも届いたぞ』

「そうなの？　僕には何にも聞こえないけど……」

『人間の耳では無理だろう。それよりも、一族の者たちは魔境ハルツを抜け、王国南部まで到達したようだ』

「そうか。さすがは炎龍。早いな」

『ふふん。そうであろう？　そうであろう？』

「まったくだね。それじゃあブルクハルト、君にはこれから一族への指示役を任せたい。炎龍たちを東部に満遍なく配置して、討伐軍を見落とすことがないようにしてくれ」

『承知した！』

「任せた」

　ここでブルクハルトとの連絡は切れる。

《ふう……。これでよいのか？》

「もう一回頼む。今度はクレメンティーネだ」

《了解じゃ！　ぬむむむむ………》

　クレメンティーネは若い雌の炎龍だ。

　若いといっても五百歳。

　炎龍基準だから人間の尺度は役に立たない。

　ジークムントとブルクハルト曰く、若い者の中でも炎龍として申し分ない能力と風格を備えているそうだ。

僕自身は彼女が炎を吐いたり、雄叫びをあげたり、戦ったりした姿を見たことがないので、能力や風格がどうなのかはわからない。

それよりも印象的なのは、子どもに優しいってことだ。

ジークムントが子どもたちに遊ばれていたように――もとい、子どもたちを自分の体で遊ばせていたように、彼女も子どもたちの相手をしてくれているのだ。

ジークムントやブルクハルトが半分以上仕方なしに応じているのとは違い、彼女は積極的に遊びに付き合ってくれている。

尋ねてみたら、種族を問わず子どもが好きなんだと言っていた。これは雄と雌の違いに由来するものなんだろうか？　そのへんはよくわからない。

ただ、人口が一気に増え、それに伴って子どもの数も増えた今となっては、炎龍の元へ遊びにやってくる子どもの数も大きく増えている。

大人たちが落ち着きを取り戻せていない中で、炎龍たちは子どもたちが心安らかに遊べる数少ない居場所。

そういう状況だから、彼女の存在は貴重だ。

彼女がいち早くブルクハルトの招集に応じることができたのも、子どもたちのために特に頼み込んでフリートラントに滞在してもらっていたからだ。

子ども好きの彼女だから、頼まれるまでもなく残りますと答えてくれたんだけどね。

とまあ、長々と述べてきたが何が言いたいのかというと、こういう炎龍だからブルクハルトみたいに盛り上がっているなんてことは――――。

『あはははははは！　泣きなさい！　叫びなさい！　そして私を伏し拝むのです！　私はクレメンティーネ！　炎龍のクレメンティーネ！　地を這う愚かな人間ども！　我が炎で蒸発させてあげましょう！』

「…………」

《…………》

どうしよう？

あのカドゥケウスまで黙り込んじゃったよ……。

《あ――――オホン。クレメンティーネ？》

『あら？　ジークムント様？　って……も、もしかして主様もいらっしゃるのですか⁉』

「え、ええ……まあ……」

『お……おほほほほほ！　どのようなご用でございましょうか⁉』

ただちに取り繕うクレメンティーネ。

かわいそうだから、あまり深く追求しないほうがいいのかもしれない。

でも、炎龍って雄と雌に多少は違いがあっても、大変に似通ったところがあるようですね？　ん？

そのへんどうなんだい？　ジークムント君？

《むう……。我が主より良からぬ気配がする》

何か感じるものでもあったのか、ジークムントが「フンスッ」と鼻を鳴らす。

『えっ⁉　わ、私何か失態を⁉』

「なんでもないなんでもない。気にするな」

『そ、そうですか？』

「そうですそうです。ところでちょっと用があったんだけど、今いいかな？」

『あっ……は、はいっ！　少々お待ちください……！』

少しの間、向こうのほうで翼を羽ばたかせる音や、何かが吹き飛ぶ音や、誰かが許しを乞うような声や悲鳴が聞こえた。

これは…………。

クレメンティーネの奴、かなり王国軍に近接してるんじゃなかろうか？　ジークムントと一緒に空を飛んでいる時は、悲鳴が聞こえることなんてなかったしな。

……まあ、方法は任せたんだ。

死人が出ていなければよしとしよう。

『お、お待たせいたしました！』

「いや、大したことはないよ」

『どのようなご用なのでしょうか？』

「さっきの炎龍の連絡は聞こえたかい？」

『はい。仲間たちはすでに王国南部まで来ているようですね？』

「そうだ。それでね、君が受け持っている地域は僕たちと隣接している。そっちの状況はどうだい？」

『軍勢を二つ追い返して、たった今、新たに二百人ほどの軍勢を追い散らしたところです。松明の炎が西へ向かって逃げていきますね』

「周囲に他の部隊はいそうか？」

『そうですね……。ええ、いないようです』

「わかった。なら僕たちに合流してくれ」

『主様とジークムント様に？　多数の敵がいるのですか？』

「まだわからない。でも、これから向かうのはハルダー卿の領地なんだ。彼は内通の首謀者とみなされているから、差し向けられた軍勢も他より多い可能性がある。念のため、複数で対処したい」

『わかりました。ただちに合流します』

そこで連絡が切れる。

すると、ジークムントが不満げに鼻を鳴らした。

《我が主よ。我輩では不足か？》

「だから念のためだって。戦場では何が起こるかわからないんだからね。騎士としての経験と勘ってやつさ。信じちゃくれないか？」

《むう……。我が主の能力を疑っているわけではない……》

「それにさ、若い者に先達《せんだつ》の腕のほどを見せるいい機会じゃない？」

《む……。わかった……》

引き下がるジークムント。

なんだかんだ言って、若い者に良いところを見せるのは望むところのようだ。

こういうところは、人間も炎龍も変わらないのかもしれない。いや、炎龍が意外と人間臭いってだけの線もあるかな？

《主様――――！　ジークムント様――――！》

「おっ！　さすがは炎龍！　早いな！」

クレメンティーネが早々と合流する。

二頭の炎龍は頭を並べ、一路ハルダー卿の領地へと向かった。

ハルダー卿の領地は、フリートラント跡地の南方――徒歩で進めば半日くらいの距離にある。

小さな宿場町が一か所と農村五か所で構成されており、人口は三千人ほどらしい。

《ふむ？　我輩にはわからぬが、それは大きな領地なのか？　それとも小さな領地なのか？》

《あまり大きくはないな》

答えたのはエクスカリバーだった。

神々の武器たち中でも、もっとも人の世に長くいた彼は、案外世情に通じている。何千年も封印されてたはずなのだが、どこで知識を得たんだろうか？

やっぱりあれかな？
僕を主人と見定めたとき、頭の中を覗いてすべてを見たとかなんとか言っていたから、そのときに……なんだろうか？
深く追及すると掘り起こさないでよいものまで掘り起こしてしまいそうなので、あえて追及していない。
なんせ僕が昔飼っていた猫の名前まで知ってたんだ。
他に何を知られていても不思議じゃない……。
そんな感じで心配する僕をよそに、一頭と一本は話を先に進めていた。
《その規模の領地であれば、貴族の体面を保つだけでも精一杯であろう。領地を出て騎士として奉職していたのは、そうせねばならない事情があったと見るべきだ》
《ほう？　縄張りがあるにも拘らず、縄張りだけで生活し得ぬとは、人間とは不自由な生き物よな》
《縄張りが足りないのでしょうか？　それなら他を奪えばよくありませんか？》
クレメンティーネも話に参戦し、物騒なことを口にした。
すぐにエクスカリバーが「それはできないのだ」と否定する。
《秩序なき乱世であればそれも許されよう。だがしかし、今の王国は曲がりなりにも秩序ある治世である。他の領地を奪う行為はまぎれもなく秩序を乱すもの。治世においては、秩序を乱す者は討たれる運命なのだ》
《なるほど……。炎龍の掟のようなものですね。私たちも掟を破れば制裁が待っています》

《そのようなものだと考えればよい》
《なら――》
エクスカリバーが炎龍の相手をしてくれているスキに、フィリーネの様子を確かめることにする。
激しい動きが続いていたからずっと放り込んだままだったが、調子はどうだろうか？
ハルダー卿の領地に着けば、すぐにも出番があるかもしれないんだ。気絶でもされていると――。

「うげぇぇぇぇぇぇ…………。気持ち悪いよぉ…………」

「よかったよかった。生きてた」

「ちょ……ちょっとぉ……！　女神がこんな状態なのよ……？　も、もうちょっと心配…………うおっぷ！」

「安心しろ。クレメンティーネもいるから、さっきまでみたいなメチャクチャな動きはないからな」

ジークムントに責任を感じさせるのも気の毒だから、さっき説得した時は口にしなかったが、クレメンティーネに来てもらったのはこれも理由のひとつだ。

ここぞって時に拾う女神様がへばっていては、ここまで進めた作戦がおじゃんになってしまう。

《我が主よ》

ジークムントが声を発した。

《ハルダー卿の領地はあのあたりだろうか？　松明が密集しているようだが？》

「松明が密集？」

暗いから松明の炎は目立つはずなんだが、僕の目にはとらえられない。

森や山の陰にでも隠れているのか――――。

「――――おいおい。こりゃあすごい数だな……」

山の陰から、徐々に姿を現した松明の群れ。

これまでは多くて三百くらいの軍勢だったが、これは二千――いや、三千はいるか？

建物から漏れたと思われる数十の灯り――ハルダー卿の屋敷がある宿場町を、スッポリと取り囲むように陣を敷いていることが手に取るようにわかる。

もしかしたら、昼間にすれ違ったあの軍勢かもしれない。その後の時間経過を考えれば、今この瞬間にこの場に到着していてもおかしくないからな。

《主殿の予想があたったのではないか？　ハルダー卿のご領地に、最大の兵力を当ててきたようだ》

「みたいだな……。できれば外れてほしかったんだけど……」

《どうするよ旦那！　あれだけの数だ！　炎龍の旦那と炎龍の嬢ちゃんだけだと、うまいこと追い込めないんじゃないか⁉》

「う～ん……。ミストルティンの言うとおりかもしれないな。変な追い込み方をしたら、宿場町の中へ逃げられるかもしれない……」

そんなことになっては大変だ。

兵士が町の建物の中へ逃げ込むかもしれないし、住民との間で偶発的な衝突が頻発するのも間違いない。そんなことになっては、目も当てられない数の犠牲者が出てしまう兵を追い返し、なおかつ町の中へ兵を入れない……。
「ジークムント」
《何だ？》
「君は夜目が効くな？　僕にはよく見えないんだが、王国軍の周囲の地勢を教えてほしい。町の形や、街道の方向はどうなっている？」
《ふむ……。街道は南北に走っている。その街道に沿うように町が広がっており、長方形に近い形だ》
「屋敷は見えないか？　ヴァイトリング邸より一回りくらい大きな屋敷だ」
《……町の西側、中央あたりに見える。庭先にかがり火が焚かれているな。人の出入りも激しいようだ》
「間違いない。そこがハルダー卿の屋敷だ。王国軍に動きは」
《すぐに動き出す様子はない。が、町との間に数人の人間に行き来がする》
「使者のやり取りでもしているのか？　ハルダー卿を引き渡せば他は許すとかどうとか……。でも、そんなつもりはさらさらないんだろうな……」
改めて宿場町の状況を頭に入れる。
どうすれば犠牲を出さずにことがすむか――。
「みんな、作戦を伝えるからよく聞いてくれ」
全員の注目が僕に集まる。

「まずはエクスカリバー。攻撃の瞬間は、宿場町と王国軍との間で人の行き来が絶えた瞬間だ。気配をしっかりつかんでくれ」
《心得た！》
「次はミストルティンだ。攻撃の口火は君に切ってもらうぞ」
《俺様かよっ！　望むところだぜ！》
「宿場町の周囲を取り囲むように着弾させろ。王国兵を宿場町に近づけてもいけないし、宿場町からも人を出しちゃいけない。君の攻撃で障壁を作ってみせろ！」
《任せろよ！　ヒャッハ――――！》
「続いてジークムントとクレメンティーネ」
《うむ》
《何なりと！》
「宿場町の南から、左右に分かれて、町の外縁に沿うようにゆっくり北へ向かって飛べ。ジークムントは右、クレメンティーネは左だ。盛大に雄叫びを上げて、炎も吐きながらな。派手におどかして、敵を北へ追い込むんだ。その後だが、ジークムントはここに残ってくれ。ハルダー卿の奥方と接触するからな。クレメンティーネはそのまま飛び続けて、フリートラントの跡地まで敵を追い込め」
《承知した》
《わかりました》
《御前様よ！　妾に出番はないのかえ⁉》

「もちろんあるさ。ブルクハルトに連絡だ。ちょっと敵の数が多い。二、三頭、追加で寄越すように伝えてくれ」
《うむ！》
「すでに怪我人が出ているかもしれない。町に降りた後は治癒の術で頼んだぞ？」
《ほほほほ！　妾に任せるのじゃ！》
「よし……。それじゃあ準備だ……」
ミストルティンを手に取り、エクスカリバーの合図を待つ。
《…………主殿！　今だ！》
「ミストルティン！」
《おうよ！　派手に行くぜ――――っ！》
不可視の矢を放つ。
さっきよりも圧倒時に凄まじい数の矢が、雨のように降り注いでいき――――。

ドドドドドドドドドドドド――――――――――――――――――――――――――ッ!!

無数の爆発音が響く。
攻撃の手は止めない。

次いでジークムントとクレメンティーネが、爆発に釘付けになっている王国兵の真後ろへ降下。

かなり低い。
三、四階の建物くらいの高さだ。
《ガアアアアアアアアアアアアアアアッ‼》
《ゴオオオオオオオオオオオオオオオッ‼》
愕然《がくぜん》と目を見開く兵士たちの顔が、松明に照らされる。
口がパクパクと動いてはいるが、声は出ていない。
《ガアアアアアアアアアアアアアアアッ‼》
《ゴオオオオオオオオオオオオオオオッ‼》
二頭がもう一度雄叫びをあげる。
ついでに夜空を焦がす炎もだ。
身動きひとつできなかった兵士たちが、ついに恐慌を来《きた》す。
騎士は馬を放り出し、歩兵は武器や松明を投げ捨て、一斉に逃げ出した。
だが、前方にはミストルティンの攻撃が着弾。逃げられない。

二頭の炎龍に追い立てられるままに、町の外縁に沿って逃げていく。

逃げて行った先で次々と味方を巻き込んでいきながら。

大混乱の中で、この流れを押し留められる者はいない。

……………ちょっと、やりすぎちゃったかな？

あんまり手加減しすぎてもうまくいかないから、仕方ないんだが――。

「カドゥケウス」

《何じゃ？》

「兵士たちに怪我人がたくさん出てるだろ？」

《お？　癒やすのか？　癒やしてよいのか⁉》

「歩ける程度にね……」

《ほほほほほ！　わかったのじゃお優しき御前様よ！　妾がおってよかったじゃろ？　よかったじゃろ⁉》

「はいはいそうだね。よかったよかった！」

こうして、なんやかんやありつつも、王国兵たちはフリートラント方向へ逃亡。

作戦は無事成功し、僕はハルダー卿の奥方と対面することになった。

# 第五話　捨てられ騎士は潜入する

昼下がりのヴァイトリング邸食堂。

部屋の中央に据えられた食卓には、『魔境ハルツ』の地図が広げられていた。

手書きのその地図には、細かな書き込みがいくつもなされており、今もエルナの手によって着々と増えていた。

「ふう……。ようやく終わりそうね……」

中腰で書き込みをしていたエルナが伸びをする。

首や肩を動かすと「ポキポキ」と音がした。

「多い多いとは思っていたけど、こんなに多いなんて……。兄様はどう？　計算は終わった？」

「ん？　ああ……もうちょっと……」

手元の紙束に目を落としたまま、片手をヒラヒラ振って答える。

エルナがこちらへ歩いてくる音が聞こえ、その直後、紙束の上に人影が差した。

上からのぞき込んでいるようだ。

「うわっ……。そんな数になるの？」

「まあね。もうちょっと増えるよ……。よっし！　終わったぁ……」

手にしていた羽ペンを投げ出すように置く。

ようやく計算結果がまとまったのだ。

「……助けも助けたりって感じね？」

「だねぇ……。ハルダー卿たちの領地を根こそぎ拾ってきたようなもんだし」

討伐を開始した王国軍と僕たちが衝突したのは今から十日前のこと。

その後は連日のように百頭近くの炎龍を動員して王国軍を追い散らし、そのすきに討伐対象となった人々の救出を続けてきた。

町や村、屋敷、畑などをフィリーネが拾い、人間は拾う女神の祠——クラリッサたちが暗殺者に襲われた森にあった祠へ誘導し、『魔境ハルツ』へ招き入れたのだ。

手元の紙束には、その詳細が書き記されている。

「討伐対象になった貴族や騎士が五十七名。彼らの領地が合計百二十三か所……」

領地が一か所にまとまってくれていればいいが、事はそんなに単純じゃない。

先祖代々の領地、新たに開拓した土地、親族から相続した土地、歴代の国王から下賜《かし》された褒美、国土守護の役目と引き換えに与えられた給地……。様々な理由で、本領以外の飛び地を持っている者も多いのだ。

不幸中の幸いは、彼らが東部国境近辺に領地を持つ貴族や騎士であり、本領や飛び地がその近辺に集中していたってこと。

あとは、助けた人々は全員が小規模な領主だったことかな？

彼らの領地の規模は、ほとんどが町ひとつと村五、六か所程度。大きくても村が十か所くらいだし、小さな領主になると村が一、二か所なんて人もいたくらいだ。

こうなってくると、貴族というよりちょっとした地主くらいの規模なんだが、こんな小領主が多いのにはきちんとした理由がある。

二百年くらい前までは、この地にも大規模な領地を持つ貴族が何人もいた。だが、彼らは帝国との度重なる戦争で疲弊し、おまけに幾度となく国境線が変わったことで領地そのものを失う者もいて、次々と没落してしまった。

そのため、王国東部の国境近辺一帯は国王直轄領に編入。

現地の守備に当たる王国軍の将兵が定住することになり、やがて彼らの中から戦功の褒美や自力開拓によって領地を得る者が現れたのだ。

こういうわけで、大きな領地を持つ者がいない。

討伐対象になった貴族や騎士が大きな領地を持っていたらと思うとゾッとする。

たった十日じゃどうにもならなかっただろう……。

「そうはいってもすごい数ね……。町が二十八か所、村が二百六十五か所で……。町の人口は平均千人、村が平均五百人……。人口はざっと十六万人……。どうするの？　フリートラントの十倍近くあるわよ？」

「い、言わないでくれ……」

「食料はどうするつもり？」

「村の畑や森なんかも一緒に拾ってきたから、そっちは当面問題ない……と思う……」

拾う女神様のお力に敬服したと言えばいいのか？

それとも「この強欲女神めっ！」と罵ってやれば良いのか……。

町や村の周囲に広がる畑はともかく、まさか住人が出入りしているからって理由で、付近の森や草原まで、まとめて全部拾ってくるとは思いもしなかった。川やら山やらまで含まれているから、見事なまでに徹底的に拾い尽くしている。

いや、フリートラントって前例があったよ？

けどさ、あれも一応は町でしょ？

森や草原だって領地の範囲に入っているじゃないかと言われればそれまでなんだけど……。

おかげで、フィリーネが拾った後は不毛の荒野と化した。

ジークムントに乗って空から見たけど、一木一草の姿もない土の地肌が延々と広がる光景に唖然としてしまったものだ……。

助けられた人から見れば救い主かもしれないが、王国から見たらとんだ破壊神だよ……。

「ただいま～……。ようやく終わったよう……」

噂をすれば影が立つ。

当の女神様のご帰還だ。

「ただいま帰りましたわ」

「クラリッサもご苦労だったね」

フィリーネとクラリッサには、拾った町や村の再配置をお願いしていた。基本的にフリートラントを基点にして、元の地理を踏襲する形を取っている。

ただし、ここはあくまで『魔境ハルツ』。王国東部じゃない。

城の周囲はだだっ広い平原が広がっているから、一見すれば再配置はし放題に思える。でも、事はそう単純ではない。どうしても地形の制約を受けてしまうこともあるのだ。

典型的なのが、城の西側に広がる巨大な湖。

湖の上に町や村を出現させても、湖だった場所が陸地になるわけじゃない。試しに小さな畑を湖の上に出現させてみたら、一瞬にして沈んでしまった。

他にも大きな川が流れていたり、極端に勾配《こうばい》の急な場所があったりと、一口にだだっ広い平原といっても土地の状況は多様だ。

そのため、炎龍に乗って上空から土地の状況を確認しつつ、出現させた町や村に悪影響が出ないように、慎重に配置していく必要があった。

昨日までは僕とフィリーネで作業に当たっていたが、さすがに疲れ果ててクラリッサに代わってもらったのだ。

「大変な仕事を任せて悪かったね……」

「そのようなことはありませんわ。町や村といった人の住まう箇所の配置はアルフ様が終えてくださいましたし、わたくしが担当したのは森や山の配置だけでしたから。領地同士の間隔も詰まっていませんし、余裕のある配置ができたのではないかと思いますわ」

「そうかい？　それならよかったよ……」

「はい。というわけで、こちらが本日の分になりますわ」

「…………」

クラリッサから新たな紙束が手渡された。

今日配置が終わった森や山の詳細を記した書類だ。

人口がこれ以上増えることはないけど、この情報は改めて地図に書き込まなくちゃならない。

エルナのほうをチラリと見たが、今日はもう無理と首を振られてしまった。

たしかにね……。

もう夕方に近いし……。

僕は今日の作業を終え、クラリッサから拾われてきた人々の様子を聞くことにした。


マリーが淹《い》れてくれたお茶で一息ついた後、クラリッサは口を開いた。

「拾われた直後は混乱していた方々も、ようやく落ち着きを取り戻しておられます。皆さん、拾う女神様に感謝しておられましたわ」

「ふふん！　どんなもんよ！」

お茶うけのお菓子を抱えて胸を反らすフィリーネ。

食べかすで一杯になっているその姿に女神の威厳はない。

「戻りたがっている人はいないの？」

エルナの問いに、クラリッサは難しい顔をした。

「本心を言えば、誰もが元の土地へ戻ることを望んでいるように感じます。ですが、戻れば悲惨な目に遭うことは間違いございません。戻りたくても口にはできない、という心情なのではないかと思いますわ」

「そっか……。そうだよね……。無理やり故郷から引き離されたようなものだし……」

「そうですわね。ただ、ご領主様が『魔境ハルツ』に残るなら共に残りたい、と口にする方も少なくありませんでしたわ」

「えっ？　そうなの？」

「はい。もしかすると、一人ひとりに意思を確認すればこの答えを選ぶほうが最も多くなるかもしれません」

「不思議な話ではないね」

「兄様？」

「何か理由があるのですか？」

「歴史的経緯ってやつでね——」

王国東部は帝国との戦争のたびに荒廃してきた。

そのせいで大規模な領地を持つ貴族たちが没落し、新たに小領主が生まれるという入れ替えが起こったわけだが、入れ替えが起こったのは貴族だけじゃない。

そこに住んでいた領民たちも数多くが故郷を追われ、戦争が終わる度に総入れ替えといえるほどに領民が入れ替わったのだ。三十年くらい前までは、こんなことが頻繁に起こっていた。

今回討伐対象にされてしまった人たちも事情は同じ。

貴族や平民の別を問わず、荒れ果てた土地に新たに定住し、手を携えて故郷を発展させてきた人々だ。

それ故に、領主と領民のつながりは深い。

領主は領民を非常に大切にしているし、領民は領主を深く慕っている。両者ともに自らが切り拓いた土地であるという自負も持っている。

近衛騎士団にいるとき、東部国境付近は小領主の再編を進めようにも、領主にも領民にも拒否感が根強く遅々として進まないという話を聞いたことがある。

「――――ってわけで、領主も住人もお互いに離れがたく思っているんだ」

今回、そのことを強く実感する出来事を目の当たりにした。

炎龍たちに王国軍を追い払ってもらった後、領主の貴族や騎士を伴って彼らの領地へ向かったのだが、拾う女神に拾われて『魔境ハルツ』に匿われているなんて荒唐無稽な話を領民たちは信じてくれたのだ。

信じた理由は「うちのご領収様は嘘をつくようなお人ではない」っていうもの。普段から相当に深い信頼関係を築いていなければこうはならない。

典型的なのがハルダー卿の領地だ。

ハルダー卿が到着するや領民たちは大歓声とともに迎え入れ、内通者と断じた東部守備司令部を口々になじった。

そもそもこの時点で、東部守備司令部の失態は噂となって広がって東部一円に広がっていたのだ。帝国軍の侵攻になすすべもなかったことや、フリートラントに死守命令を出したことなんかも含めて。

もちろんハルダー卿たちに内通の嫌疑がかけられたことも知れ渡っていたが、本人たちが捕縛されておらず、フリートラントも消え去ったため、領民たちは真偽を確かめる術もないまま、気を揉みながら毎日を過ごしていた。

領民たちの不安や不信は頂点まで高まっていたのだ。

そんな時に、当事者であるハルダー卿自身の口から事の仔細を聞かされ、ついに不満は爆発した。

ご領主様がそんな卑怯な真似をするはずないに決まっている、東部守備司令部が自分たちの失態を隠すためにやっていることだと、誰もが口を揃えた。

領内の町や村の顔役たちは、領民を守るためにハルダー卿が出頭するつもりなら、無罪を訴えるために自分たちも同行すると申し出た。

中には一揆《いっき》を起こそうという過激な者まで出る始末。

ハルダー卿は信頼を寄せてくれる領民たちに涙を流して感謝しつつも、いきり立つ者たちを必死で説得するはめになった。

そうするうちにも領主帰還を聞きつけた人々が深夜にも拘らず続々と集まり、その場でハルダー卿の口から事情を説明。

夜が明ける前には領地丸ごと拾うことに決まり、女神の祠を目指して移動も始まった。

どこの領地でも状況は大なり小なり一緒だったが、ハルダー卿領の人々が移動する姿はすぐさま広まり、他領の人々の決断を後押しした。

こうして、たった十日余りで十六万人が『魔境ハルツ』にやってきた。

しかも、元の場所へ戻りたいと希望する人はとても少ない。

「住み慣れた村ごと転移できたんなら、このまま領主の元で暮らしたほうがマシだって考えているんだろうね」

「そうなのね……。それじゃあ討伐のほとぼりが冷めても戻ろうって考える人は少なそうね」

「ちょっとエルナ！　戻るだなんて……なんて物騒なことを言うのよ⁉」

フィリーネが焼き菓子をブンブン振り回しながら抗議する。

「いいこと？　アタシは拾ったものを絶対に手放さない主義なのよ？　一度拾ったものを元の場所に戻すなんて恐ろしい……！　あり得ないわ！」

「はいはい。少し静かにしてような？」

「ああ～っ！　アタシのお菓子～！」

お菓子がのせられた皿を取り上げると大人しく静かになった。

皆がどんな決断を下すかわからないけど、戻りたいって人を、戻る方法があるのに戻さないとなれば、僕やフィリーネに対する不信感が生まれるだろう。

拾う女神様にも主義主張はあるだろうが、ここは曲げてお願いしなくちゃならない。

数は少なくなるかもしれないけどね……。

「そうでしたわ。フリートラントへ逃げ込んだ避難民の方々はどうなさるのです？　まだ、帰ることを希望なさる方は少ないのですか？」

クラリッサが避難民の人数確認をした時点では、拾ってから間がなかったこともあってほとんど全員が『魔境ハルツ』に残ることを望んでいた。

少し時間が経ったので、ギュンターやヨゼフィーネさんを中心に調査をしてもらったのだが——。

「希望者はやっぱり少ないね」

「状況に変化はございませんか……」

「いや、そうでもない」

「どういうことですの？」

「避難民の中には、今回拾ってきた町や村から逃げてきた人がたくさんいただろ？　そういう人たちには自分の家に戻ってもらっているけど、それを知った避難民から『自分たちの家も転移させてほしい』って希望が出ていてね」

「そうなんですの？」

「そうなのよ。これを見て」

エルナがクラリッサに情報をまとめた紙束を渡す。

そこには、女神様に拾っていただくことを希望する家や畑の一覧が記されていた。

「希望を出しているのは王国直轄地の住人が多いの。戻っても何をされるかわからないって心配しているみたいね」

「無理もありませんわ。一方的に反逆者とされたうえに討伐ですもの」

「でしょ？　中には村ごと避難している人たちもいたんだけど、こっちは村ごと拾われることを希望しているわ」

「目の前で実例を見せつけられたわけですからね。希望するなというほうが無理ですわ。早速拾いに行くのですか？」

尋ねるクラリッサ。

だが、僕は首を振った。

「すぐにやるかどうかは迷っていてね。実は――」

「ちょっとアルフ！　迷うことなんかないわよ！　行きましょう！　さあ今から行きましょう！」

静かになったはずのフィリーネは、フォークを槍のように振り上げながら興奮する。

「僕は別に構わないけど……。本当にやるの？」

「当ったり前よ！　アタシは拾う女神！　捨てられしものの忘れ物がすぐ目の前にあるっていうのに、指を加えて放置するなんてあり得ないわ！」

「そう……。じゃあ、ジークムントで東部周遊コース再びってことでいいんだな？」

「……………え？」

「今度は家単位で拾うんだぞ？　町や村単位で拾った時の労力とは比べ物にならないからな？」

「え？　え？」

「しかもだ、今回は余計な目撃者を作るわけにはいかない。白昼堂々拾うことなんてできないぞ？　夜のうちに、密かに拾わなきゃいけない。よかったな？　寒い寒い夜空を駆け抜けるコースだ。体に巻くハンカチの用意を忘れないようにな？」

「ア、アルフ？　何とかならない？」

「何ともなりません」

「そこを何とか――」

「――なりません」

「ええ～っ!?　ヤダヤダヤダ～！　寒いのヤダ～ッ！」

女神様は沽券も矜持《きょうじ》も放擲《ほうてき》なさった。

「じゃあ拾うのやめる？」

「それはもっとヤダ～ッ！」

「それなら僕の言うことを聞きなさい」

「え……？」

「無理のないやり方で拾えるようにしてあげるよ」

「本当に？」

「もちろん」

「わかった……」

エルナとクラリッサが苦笑する。

情報をまとめた書類に目を通した彼女たちはわかっているのだ。

『無理のないやり方』なるものはあっても、『苦労』がなくなるわけではないのだということを……。

フリートラントの避難民の数は一万人。

そのうち半分ほどは今回拾ってきた町や村の住人だったが、残りの五千人はそれ以外の住人だ。

一家族五人と見積もっても、ざっと千軒分の家やら畑やらを拾わねばならない。

暗い夜間にやるんだぞ？

ジークムントに移動を手伝ってもらっても、拾うものを探すだけでどれだけ時間がかかることか……。

これに気づかぬ女神様は安心しきった顔をしている。

まあいい。その時を楽しみに待っていてもらおう……。

それはそうと、実は気がかりがあった。

ハルダー卿のご令息――ホルストさんの行方がわからなくなってしまったのだ。

ホルストさんのことはカドゥケウスも知っているから、彼女を通じて連絡が取れるはずなのだが、一向に連絡が取れない。

カドゥケウスが言うには、連絡を取りたい相手がいる場所をおおよそ特定できていないとうまくいかないらしい。ヘルツベルグ城の周辺にいないことは間違いなさそうだ。

その後も手を変え、品を変えて連絡を試みているが、どうにもうまくいかない。

ハンスさんが集めてくれた情報によると、ホルストさんにも内通の嫌疑がかかっているようだから、早く無事を確かめたいんだが……。

討伐を防ぐためにあちこちを動き回っていたから確認する時間はなかったが、今晩にもヘルツベルグ城へ向かってみてもいいかもしれない。


深夜のヘルツベルグ城は死んだように静かだった。

戦争が終わった今、帝国の逆襲に備えて多数の帝国兵が配置されているはずだが、咳払いひとつ聞こえず、灯りひとつ見えない。

普通なら侵入者を見逃さないために、城のあちこちに見張りの兵を立て、かがり火も焚くはずだ。

これはいったいどういうことなのか？

城の近くの茂みに隠れながら考え込んでいると、人化したジークムントが話しかけてきた。

「我が主よ。何を迷うことがある？」

「何だって？」

「我輩が一声吼えてやればよい話ではないか？」

「……えらく豪快だね」

「何を言う。昨日までさんざんやってきたことではないか」

「必要だったからだよ。今日は情報を探りに来たんだよ？」

「我輩が姿を見せれば、恐怖のあまり慌てて城の外へと逃げ出すであろう」

「逆なるかもしれないよ？　炎龍を怖がっているなら、姿を隠すために城の中へ引きこもって出てこないかもしれない」

「我輩の炎で城を炙ってやろう。すぐに出てくる」

「だから戦いに来たんでも、追い払いに来たんでもないんだって」

「むう……」

少し残念そうな声が聞こえる。

何だかんだ言って、ひと暴れしたいらしい。

「カドゥケウス？　ホルストさんに連絡は取れるか？」

《ダメじゃのう……。少なくとも、あの城にも、この近くにもおらぬわ》

「そうか……。それじゃあエクスカリバー。城に人の気配は感じるか？」

《先ほどからやっている。音も灯りもないが、人は間違いなくいるぞ。少なくとも二千ばかりは詰めていよう》

「何だって？　そんなに？　いったいどうなってるんだ？」

《我にもわからぬ》

「……仕方ない。こうなったら実力行使だ」

「よし。では人化を解くぞ？」

「落ち着けって。情報収集に来たんだから、城の中へ侵入するんだよ」

「何？　危険ではないか？」

「炎で城を炙るって言ってた奴の言うこととは思えないな。とにかく一緒に来てくれ」

僕たちは足音に注意しながら城に近づいた。

暗闇の中でも、エクスカリバーのおかげで見張りの兵士に見つからないルートを選択することができる。

夜目が利き、人化しても人間をはるかに凌駕《りょうが》する身体能力を持つジークムントがいるから、地形や建物の位置は手に取るようにわかるし、幅の広い水堀や高い城壁も僕を抱えて難なく越えてくれる。

こんなに楽な侵入劇があっていいのかと思えるほど簡単だ。

唯一の難点は、抱えてくれるときにお姫様抱っこになることだが……。

まあ、誰も見ていないし、ぜいたくは言うまい――。

こうしてあっという間にヘルツベルグ城へ潜入した僕たちは、下級兵士たちの寝泊まりする兵舎が並ぶ区画まで到達していた。

ハルダー卿やベンヤミンさんから教えてもらった情報では、城の中枢機能が集まる区画まであと一歩のはず。

そこには城の守将が詰める司令部や騎士たちの住まう宿舎がある。

ホルストさんの部屋もあるはずだし、何か手掛かりがつかめるかもしれない。

《む……。主殿、隠れよ》

「…………！」

エクスカリバーの警告に、すぐさま物陰に隠れて息をひそめる。

隠れてから百くらい数え終わった頃、向こうのほうから数人の足音が聞こえてきた。おそらく巡回中の兵だろう。

さすがにこんな城のど真ん中までくれば、何の障害もなしに進めるわけもない。

ここはそのままやり過ごそう――。

「はあ……。やってられないな……」

暗闇の中から、愚痴っぽい声が聞こえてきた。

「なんだって灯りもなしに見回りをしなきゃならないんだ？　かがり火はダメ。松明はダメ。ついでにロウソクもダメと来やがった……！」

「あれだろ？　守将が炎龍にビビってんだろ？」

暗闇の中で、ジークムントが「ふすっ……」と小さく鼻息をもらした。

なんとなく胸を張る気配を感じる……。

「灯りを点けたら炎龍に狙われるってあれか？」

「あほらしい話さ。たしかによ、十日前に松明を持って行軍していた味方が炎龍に襲われたが……」

「あいつらが出てくるのは夜だけじゃあないだろ？　ここ最近は毎日のように夜も昼も炎龍の鳴き声が聞こえてたじゃないか」

「俺は塔の上で見張りをしてたとき、炎龍が飛びながら火を吐くのを見たよ。しかも昼間にな」

「けっ……！　あの無能野郎め……！　余計な指示ばっかり出しやがって……！」

これに続いて小石を蹴る音。

そして「うわっ！」という短い悲鳴が聞こえた。

「気をつけろよ……。足元がほとんど見えないんだぞ？」

「ははは……。悪い悪い……」

「ところで、例の話を聞いたか？」

兵士が声をひそめた。

多少は聞き取り辛くなったが、周囲が静かなせいで何を話しているのかは理解できる。

「それって本当なのか？　絶対おかしいだろ……！」

どことなく憤りを含んだような声音。

声も少し大きい。

話をふった兵士が「しっ……！　声が大きい……！」と注意した。

「でもよ……！」

「気持ちはわかるぜ。俺も思いっきり叫んでやりたいところだからな」

「なら……やっぱり間違いなかったんだな？」

「ああ。間違いないよ。小隊長たちが話しているのを立ち聞きしちまったんだ。ハルダー大隊長には内通の疑いをかけられたってよ。馬鹿馬鹿しい話だぜっ……！」

思わず息を飲む。

領地にも討伐軍を差し向けたくらいだから、息子のホルストさんにも手が及ぶのは予想できていたが、まさかホルストさん自身にも内通の嫌疑がかけられるとは……！

兵士たちの声が再び大きくなり始めた。

「どうしてあの人が内通なんだよ……！　帝国軍を足止めしてたのはあの人だろ……⁉」

「それがよ、大隊長の親父さんにも内通の疑いがかけられたって話なんだよ」

「大隊長の親父さん？　それって前の副将じゃないか？」

「ああ。そうさ」

「それこそあり得ねぇよ……！　あの真面目で兵隊思いの副将だろ？　なにがどうして内通なんてするんだよ……！」

「偉いさんが自分らの失態を隠すために身代わりにしたんじゃないかって噂だ。胸くそ悪い話さ」

「守将か……！　あの野郎、俺たちを見捨てて一目散に逃げやがったくせにふざけやがって……！」

「守将だけじゃねぇ……！　東部守備司令官も一枚かんでるらしい。捕縛命令は司令官の名前で出されたんだと……！」

「よってたかってかよ……！　くそっ……！　反吐が出るぜ……！」

「フリートラントが消えたって話は知ってるだろ？　親父さんも一緒に消えちまったんだと。だから身代わりにできる人間が他にいなくて焦ったって話だ……」

「おいおい……！　そりゃいよいよヤバいんじゃねぇか⁉」

「王都まで連行されて処刑されるって話も――」

「貴様ら！　何を話している！」

暗闇の向こうから鋭い声がかけられた。

兵士たちが「ちゅ、中隊長……!」と慌てた声を出す。

「無駄口を叩かずに巡回せんかっ!」

「は、はいっ……!」

「申し訳ありませんっ……!」

「わかればよしっ! あと、それからな――」

中隊長と呼ばれた声がスッと声をひそめた。

「ハルダー大隊長の話題は口に出すな。お前たちも内通者の一味に仕立て上げられるぞ?」

「え……?」

「な、なんですかそれ……!?」

「大隊長はな、我々にも嫌疑が及ばぬようにと、大人しく東部守備司令部へ連行されたんだ……!

大隊長のお心遣いを無駄にするな……!」

「「……」」

注意する声もどこか悔しげだ。

だが、次の瞬間にはたちまち厳しい声に戻る。

「……というわけでだ! わかったかっ! 復唱よしっ! 行けっ!」

「「は……はっ!」」

ふたり分の足音が慌ただしく駆けて行き、ひとり分の足音はいらだたしさを感じさせる足取りで反対方向へと去って行った。

三人がいなくなってから、さらに百を数えてから、口を開いた。

「……用は済んだな。城を出よう」

「どうするのだ？」

「ホルストさんの居場所の見当はついた。カドゥケウスで連絡を取ってみよう……」

東部守備司令官から捕縛命令が出たんだ。

それなら、ホルストさんは司令部のあるゴスラルに連れて行かれた可能性が高い。試してみる価値はある。

でもこの場で連絡を取るのはまずいな。

誰かに聞かれるかもしれない。

ちょっと手間だが、一度城の外へ出たほうが無難だな。

ジークムントやエクスカリバーが入れば侵入するのは簡単だ。ダメならもう一度忍び込んで手掛かりを探せばいい。

元来た道を通って城の外へ向かう。

最初に身を隠していた茂みまで戻り、念のためにさらに奥まで進んだ。

「エクスカリバー？　周囲に人は？」

《問題ない。人の気配があるのは城の中だけだ》

「わかった。それじゃあカドゥケウス、頼むぞ？　目標はゴスラルの東部守備司令部だ。ハンスさんの商会へ行った時に見ただろ？」

《わかったのじゃ！　ぬむむむむ…………》

「この時間でも起きていればいいんだけど……」

確実に連絡を取るなら昼間だが、取り調べを受けている可能性もある。取調官の目の前で声を出すことなんてできないからな。

そんなことしたら、ホルストさんの立場を悪くするだけだ。

夜通し取り調べを受けている可能性もなくはないが……、気にしすぎてもキリがないからな…………。

《むむむむむむむむ…………。おっ！　つながったのじゃ！》

「本当か？　ホルストさん？　ホルストさん？　聞こえますか？」

『む……？　この頭に直接響く声は……、ヴァールブルク殿……か？』

疲れ果てて力のない声だが、ホルストさんからたしかに答えが返ってきた。

「そうです。アルフレート・ヴァールブルクです」

『見つけてくださったのか……。神杖カドゥケウスを使ったのだな……？』

「はい。気取られてもいけないので手短に……」

『わかった……』

「ホルストさんは今、ゴスラルの東部守備司令部に、内通の疑いで拘束されていますね？」

『ああ……。そちらにも話が伝わったか……。ついさっきまで取り調べでな……。ようやく牢に戻されたばかりだ……』

よかった……。

タイミングがズレていたら、取り調べの最中に連絡していたかもしれない。

「声に力がありませんが、暴力は受けていませんか？」

『暴力こそ受けていないが、拷問同然の厳しさでな……。内通などしていないのに……。連中、私の弁解を聞くつもりはないらしい……』

「すぐにお助けします。司令部のどの辺か見当は――」

『いや、待ってくれ……。ありがたいが、遠慮する……』

「え？　なぜです？」

『取調官が言うのだ。私が自白しないなら、ヘルツベルグ城に残った部下たちに聞くと……。私が逃げれば今度は彼らに嫌疑がかかる……。それは避けたい……』

懇願するような口調のホルストさん。

だがそれでは――。

「ありもしない罪をかぶることになってしまいます……！」

『わかっている……。そう簡単に、罪を認める気などない……。まだまだ粘ってみせるさ……』

少しおどけた感じでそういうホルストさんだったが、声には力が籠《こ》もらない。

このままでは、あといくらももたないかもしれない――。

「ホルストさんのお覚悟はわかりました。何か方法がないか、僕も探ってみます。毎日こうして連絡を取りますから、なんとかこらえてください……！」

『礼を言う……。外の者の声を聞けるだけでもありがたい……』

ホルストさんの声は、なんとなく涙声が混じっているように聞こえた。

その後、いくつか取り調べの様子を聞き取り、カドゥケウスを通じての連絡は終わった。

「我が主よ、この後はどうするのだ？」

ジークムントが声をひそめて尋ねた。

「腕力で解決するならば、我輩の出番だったのだがな」

《武力で解決する問題ではあるまい》

《なんでぇ！　つまらねぇな！》

《妾は出番があるからそれでいいのじゃ。ほほほほほほ》

「まあ、難しい話になったのは確かだな……」

これまでは『魔境ハルツ』に匿えばしのげると思っていたが、それもそろそろ限界だ。

誰かを助ければ別の誰かが罪を着せられるなら、どこまで行っても終わりがない。どれだけ助けてもイタチごっただ。

こうなったら――――。

「根っこを断つか……」

「何？　根っこだと？」

「この事態を引き起こしている連中を根こそぎやっつけるんだ。二度とこんなことができないように、コテンパンにしてやろう！」

「ふむ…………」

「何だよ？」

「我が主よ、悪い顔をしているぞ？」

ジークムントが負けず劣らず凶悪な笑顔でニヤリと笑った。

# 閑話　東部視察報告書

私の名はエリアス・フォン・ブルーメントリット。

ハルバーシュタット王国南部四大貴族の一角、ブルーメントリット伯爵家の当主だ。

私は今、王国東部の首府ゴスラルにいる。

十日ほど前、王城で開催された軍議においてフリートラント消滅の真偽を確かめる調査団の派遣が決定し、私も調査への参加を志願した。

国王陛下より許可を得るや、ただちに準備を整え、夜を日に継ぐ強行軍でここまで来たのだ。近衛騎士団長をはじめ、他の調査団員に先駆けてな。彼らの姿は、未だゴスラルにはない。

敬愛する恩師アルフレート先生、弟のギュンター、先の近衛騎士団の孫娘エルナ……。

ひとかたならない縁ある者たちの行方に関する手掛かりがフリートラントにあるかもしれないのだ。

急ぐなと言うほうが無理というもの。

だが、ゴスラルに到着するまではよかったものの、その後は数日間にわたって足止めを食らっている。

信じられないことだが、王国東部に炎龍が出現し、王国軍が襲撃を受けているらしい。

出現地域はゴスラルの東。

ちょうど、フリートラントのあった場所を中心とした地域だ。

貴重な手掛かりを前になんたること……！

私はそれでも前に進もうと思ったが、家臣たちに猛反対された。強行軍には付き合ってくれた彼らであったが、炎龍が現れる場所に伯爵家当主たる私を連れて行くことなどできないとな……。

さすがの私も、家臣の言い分を受け入れざるを得なかった。

彼らが主君たる私を危険地帯に連れて行けないと同様に、主君たる私も家臣を徒《いたずら》に危険に晒すわけにもいかない。

たとえそれが、私と縁ある人々のためであったとしてもだ。

仕方なくゴスラルにとどまり、この地で情報収集に当たることとなったのだが、ここの混乱ぶりも非常にひどい。

炎龍に襲われ敗走してきた軍勢と、避難のために押し寄せた近隣の住人たちとで町の中はごった返しており、収拾がつかない状況なのだ。

帝国軍の逆襲に備えるため、ただでさえ各地からやってきた援軍で一杯になっているところにこれだ。

情報も錯綜し、何が真実なのかわからない。

混乱は広がる一方で、事態が鎮静化する気配はない。

東部守備司令官テオドール・フォン・グリュックス将軍への面会さえ、多忙を理由に実現していないのだ。

国王陛下より任命された調査団——それも伯爵位にある者の面会依頼を断るなど無礼極まる話だが、

この混乱ぶりではやむを得まいと引き下がることにした。

仕方なく、いつでも面会できるようにと宿に待機しているのだが、待つしかない時間を過ごすのはなんとももどかしい。

時間が無為に過ぎ去っていくことに、激しい焦燥感を覚えざるを得なかった。

わずかな時間も耐え切れなくなった私は、現状把握のため、ゴスラル市中での情報収集を家臣に命じた。

混乱の極みにある市中で有益な情報が集まるかどうか心もとないが、何もせずに時が経つのを待つよりもはるかにマシだ――――。

「お館様」

扉の外から執事の声がした。

「何か？」

「はい。市中に出ていた者たちが戻りました」

「わかった。早速報告を聞こう」

「かしこまりました」

間もなく、執事に案内されて五名の男たちがやってきた。

いずれも当家に仕える騎士で、市中へ情報収集に出ていた者たちだ。

「ご苦労。早速報告を聞こう」

「では、まず炎龍の話からご報告します」

一名の騎士が、代表して一歩前へ進み出た。

「炎龍の出現が確認されたのは、今から十日前の夜とのことです」

「十日前？　王城で調査団の派遣が決まった頃だな……」

「左様にございます。夜間行軍中の我が軍が次々と襲撃を受けたようです」

その報告を聞いた私は、眉をひそめざるを得なかった。

「早速引っかかる話ばかりではないか……。夜間行軍中とはどういうことだ？　帝国軍はすでに撤退したのだぞ？　なぜ夜間行軍など行ったのだ？」

「内通者討伐のため、彼らの領地へ向かっていたようです」

「内通者はフリートラントもろとも消え去ったのであろう？　領地に潜伏していたのか？」

「いいえ。行方不明のままであり、確たる情報はなかったようです。内通者発見のために寝込みを急襲して強制捜索を行う……という名目だったとのこと」

「捕縛対象に悟られないため夜間に急襲か……。筋は通るが、名目だったということは、別に真の目的があったのだな？」

「出動した将兵には、内通者の潜伏防止のため彼らの領地を焼き払うよう命令が下されていたようです」

「領地焼き討ちだと!?　何と乱暴な命令だ！　内通の確たる証拠でも見つかったのか？」

「我らが話を聞いた限りですが、それを聞かされた将兵はおりませんでした」

内通者本人が証拠に基づいて処罰されるならともかく、証拠もなしに領地焼き討ちなど正気の沙汰ではない。

やるとすれば、確かな証拠があるにも拘らず、領民たちが内通者を庇い立てするような場合だけだろう。

明らかに過剰な措置。

いくら司令部が混乱の渦中に置かれているといっても、やって許されることには限度がある。

「……夜間行軍の理由はわかった。だが、引っかかる話はこれだけではない。我が軍が次々と襲撃を受けたと言ったな？　それはどういうことだ？　我が軍は複数に分かれて夜間行軍中だったのか？それとも炎龍が複数出現したのか？」

尋ねながら「炎龍が複数出現した」などという事態はあり得ないだろうと、私は思っていた。

一頭いれば一国滅ぶと称されるのが炎龍だ。

そんな化け物が複数現れてたまるものか。

内通が疑われているハルダー卿の関係先複数箇所を一斉に急襲するため分散して夜間行軍中の我が軍が、不運にも次々と炎龍と遭遇してしまった……そういうことだろう。

そもそも炎龍は空を高速で飛べると聞く。

人間の感覚では広範囲に分散していても、空を自在に駆ける炎龍にとっては狭い箱庭のようなものかもしれない。

松明でも焚いて行軍していれば、空の上からはさぞかし目立ったことだろう。

自分の所在を知らせ、襲ってくれと言っているようなものだからな。

私はそのように考え、高を括っていた。

ところが、家臣の寄越した端的な返答は私の想像を覆すものだった。

「両方にございます」

「…………何？　すまない。もう一度言ってくれ」

「両方とも真実にございます」

私は一瞬、言葉を失った。

普段顔色を変えない執事まで眉をピクリと動かしたし、報告した当の家臣すら流れ落ちる冷や汗を拭うことを忘れている。

「信じ難いことですが、炎龍が複数出現したそうです。少なくとも、十頭以上は……」

「ば、馬鹿な……」

「夜空に幾筋もの炎が上がり、炎龍の姿が浮き出たのを、多数の将兵が目撃しております。また、てんで別の場所にいた者たちが、時を同じくして炎龍に襲撃されているのです。炎龍の数は不明ですが、複数出現したことに間違いはなさそうです。その後、つい昨日まで炎龍の襲撃は続き、将兵は恐慌状態にあり……」

愕然とする私だったが、家臣の報告はまだ続く。

「以上は炎龍に遭遇した将兵の証言をまとめたものですが、避難民からは別の証言も得られております」

「将兵を襲う炎龍を目撃したのか？」

「炎龍を目撃したのはたしかですが、十日前の話ではありません。帝国軍が未だフリートラントへ攻め寄せていた頃の話です。フリートラント方向へ向かう炎龍の群れを目撃した者がおりました」

家臣が口にした「群れ」という言葉に背筋が凍る。

はたして、それは十頭程度で済むものなのか？

それとももっと多くの――。

「フリートラント上空を炎龍の大群が飛んでいたと申す者もおります。この者によれば、空は炎龍で埋め尽くされ、どう見ても百頭以上はいたと……」

信じられなかった。

私だけではない。

家臣自身も、報告しながらも自分の言葉を信じられない様子だった。

だが、彼らは何人もの将兵や避難民からそれを聞かされている。

戯言と片付けることはできず、さりとて信じ切ることもできず……相反する感情の間で板挟みになっているのだ。

「……わかった。炎龍の話は……わかった。一度置いておこう。この話を整理するには、少し時間が必要だ……」

「はっ…………」

家臣たちからホッと安心したような空気が漂った。

私も同じ気分だ。

こんな話、真正面から受け止めては脳が耐え切れない。

「……我が軍は複数に分かれて進軍していたと言ったな？　ハルダー卿の関係先を捜索できた部隊はあったのか？」

「ございません。ハルダー卿だけでなく、他の内通者の領地も捜索できておりません」

「他の内通者？　疑われているのはハルダー卿とその令息だけではなかったのか？」

「名指しされているのはその二名です。ですが今回は、フリートラントにいたと思われる貴族や騎士、すべてが捜索対象になっていたとのこと」

「まさか、ハルダー卿と同じく行方不明になったから捜索対象とされたのか？」

「将兵の中にはまことしやかにそう語る者もおりました。ですが、真偽は不明です」

ハルダー卿の件といい、確かな証拠に基づき行動しているとは思えなかった。

混乱するが故に下された拙劣な命令なのだろうか？

……まさかとは思うが、何らかの作為で意図的に出された命令という線はないか？　そんな考えが頭に浮かぶ。

ひとつ、思い当たる話があったからだ。

私が調査団に志願した時、近衛騎士団長も私に対抗するように調査団に志願した。

その意図を、自分が犯した失態の痕跡を隠蔽するのが目的かもしれないと、私は予想した。

彼の動向に目を光らせておかねばならないとも思った。

失態を犯したのは近衛騎士団長だけではない。ついついあの男ばかりに注目してしまっていたが、東部守備司令官も同じなのだ。

ヘルツベルグ城とラウターベルク砦は陥落し、なすすべなく手をこまねいているうちに国境内部深くまで帝国軍の侵攻を許したのだからな。

帝国軍の前進が止まったのは、東部守備司令官の指揮よろしきを得たからではない。前線で防戦に当たった将兵の奮闘のたまもの。

帝国軍は撤退したものの、それはあくまで結果論に過ぎない。司令官が犯した数々の失態は、糾弾されるべき代物であることは疑いない。

戦争が終われば論功行賞が行われる。

同時に失態を犯した者は責任を追及される。

この事実を前に、司令官は何を思ったであろうか？

自分に失態があることは明らかだ。

責任を免れるにはどうすればいい？

仕方がなかったことだと弁明するか？

いや、無理だ。

弁明するにしても、ここまで帝国軍の好き勝手を許しておきながら何を取り繕えばよいのだ？

取り繕おうにも、破れた箇所が多すぎてとても繕い切れるものではない！

どうする……？　どうする？　どうする!?

……そうだ！

繕い切れないなら、もう破れたままでいい！

破れたことが仕方なかったのだと、言い訳できれば丸く収まる！

自分が悪いのではなく、他人が悪かったことにしてしまえ！

どうせなら自分の失態を詳しく知る者を、証拠隠滅がてら一網打尽だ！

誰がいい？　誰がいい――――？

そこまで考えて、私は一旦立ち止まった。

さすがに想像が過ぎるか？

他人の責任にするにしても、こんな大それた話を進めるなど――――。

「お館様？　如何なさいました？」

「ん？　いや……なんでもない……。ああ、そうだった。炎龍の話に戻ってしまうが、襲撃によって我が軍に生じた被害は？　程度によっては、さらなる援軍を王都へ要請せねばならないかもしれん」

「それが……」

「どうした？　そこまでは調べ切れていないか？」

「いえ……。炎龍に遭遇した将兵の話から、おおよその見当はついております。ただ、少し奇妙でして……」

「奇妙だと？　見当がついたにしては、そぐわぬ言葉ではないか？」

「失礼いたしました。ですが、にわかに信じがたい話なのです」

「構わぬ。申してみよ」

私がそう促すと、代表して話していた騎士は後ろに控える同輩たちと顔を見合わせ、頷き合った後、口を開いた。

「負傷者は多数出たようなのですが……」

「それはそうだろう。炎龍に襲われたんだからな」

「ですが、原因の大半は炎龍から逃げようとした際の混乱によるものらしいのです。炎龍に直接傷つけられたという者と出会うことはできませんでした」

「何？　炎龍は炎も吐いていたのだろう？　焼かれた者くらいいないのか？」

「我らが調べた限り、火傷した者はおりませんし、火傷した者を見た者もおりません」

「……どういうことだ？」

「我らも炎龍に遭遇した将兵たちに何度も確認してみました。火傷した者がひとりもいないのは奇妙ではないかと……。ですが、どの将兵も我らに言われて初めて気がついたくらいでして……」

「襲われた者たちは相当に混乱していたのだろう。無理もない。だが、いくら混乱しているといっても火傷した者がいれば気づく者がいるはずだ。それもいないだと？」

「奇妙なことは他にもございます。これほど大規模に炎龍の襲撃を受けたにも拘らず、死者が出た形跡がないのです。どれくらいの死者が出たのかと尋ねる我らに、将兵はやはり口を揃えて答えました。そういえば、死んだ者にも心当たりがない、と……」

「……そんなことがあり得るのか？」

「実に不自然です。しかし、これ以外の証言は得られませんでした」

報告にやってきた五人以外にも、多数の家臣が丸一日かけて市中で情報収集しているのだ。

そこまでやっておきながら、死者はいない、火傷した者もいない……だと？

何なのだこれは？

先ほどは内通者の件で作為を感じたが、こちらはもっと作為を感じるぞ。

数多《あまた》の英雄を退け、国さえ滅ぼしたと伝わる炎龍が、たったひとりも殺さず、たったひとりも自ら傷つけなかった？

奇妙だ。

たしかに奇妙な話と言わざるを得ない。

しかし、果たして奇妙という言葉で片付けてよいものだろうか――――？


コンコン……。


その時、部屋の扉がノックされた。

執事が「何事ですか？」と扉の外へ問うた。

「お忙しいところ失礼いたします。シュティーフ商会のハンス・シュティーフ様より、お館様への面会を打診する使者が参っております」

シュティーフ商会といえば、創業者が一代で興《おこ》した王国東部有数の大店。

そしてハンス・シュティーフこそ、その創業者ではなかったか？

どうしてそんな人物が私に？

執事に目配せする。

「入りなさい」

使者を取り次いだ家臣が扉を開き、部屋に入った。

「ご苦労。ハンス・シュティーフ殿のご要件は？」

「それが……こちらを……」

家臣が一通の手紙を差し出した。

「中は改めたのか？」

「はっ。それが……」

「どうした？」

「その……ギュンター様からの紹介状でして……」

「ギュンターだと⁉」

室内が騒然とする。

慌てて中身を確認する。

「……ギュンターの字だ」

執事に見せると、軽く頷いた。

「間違いございません。如何なさいますか？」

「会うしかあるまい。使者に伝えよ。エリアス・フォン・ブルーメントリットが、今すぐにでもお会いしたいと申していると……！」

　時を置かず、私の宿をハンス・シュティーフ殿が訪ねた。

「このたびは突然の申し出にも関わらず、面会をお許しくださりありがとうございます」

「会わぬわけにはいくまい。我が弟の紹介状を出されては」

　ギュンターの紹介状を卓の上に置く。

「この紹介状、どうやって入手なさったのか？」

「それはもちろん、ご本人からいただいたのでございます」

「ギュンターは行方不明なのだぞ？」

「そうですな。王国ではそういうことになっています」

　王国では、か……。

　何とも思わせぶりなことを言うものだ……。

「……シュティーフ殿、化かし合いはなしにしよう。私は弟の無事を確かめたい。今すぐに……！」

「わかりました。お話しいたしましょう。ですが、その前にお人払いをお願いできますか？」

　家臣たちが「無礼な！」といきり立つ。

「シュティーフ殿、この場にいるのはブルーメントリット家の忠実な家臣ばかり。我が弟の消息を聞かせても、何の問題もない」

「ブルーメントリット卿の消息だけならばそうでしょう」

「他にもあると？」

「はい」

しばし、シュティーフ殿と睨み合いが続いた。

嘘をついているようにも見えない……。

とはいえ、相手は一代で大商会を築き上げた商人だ。

表情を偽ることなど造作もなかろうが…………。

「……承知した」

「お、お館様!?」

「皆、外に出よ」

「しかしっ!?」

「いけませんっ！」

「おひとりでは危のうございます！」

「みくびるな」

反論する家臣たちを制する。

「これでも元近衛騎士だ。商人を相手に遅れはとらんよ」

「「「…………」」」

家臣たちは退室をためらっていたが、私の意思が変わらないと悟ったか、心配そうな表情を浮かべたまま部屋を出て行った。

「……おい」

「なんでございましょう?」

執事だけは、当然のような顔をしてその場を動かなかった。

「お前も退室せよ」

「できません。坊ちゃんの消息ですよ?」

家臣たちはギュンターのことを必ず坊ちゃんと呼ぶ。

幼い頃、私のことを若様、ギュンターを坊ちゃんと呼び分けて以来、その呼び名のまま変わらないのだ。

あれも私に負けず劣らず乱暴な子どもだったが、できの悪い子どもほどかわいくて心配だ、というのは親も家臣も変わらないらしい。

特にこの執事は、私やギュンターが生まれた頃から知っている。

できの悪かった孫はいつまでも経ってもかわいいということか……。

これは梃子でも動かぬかもしれない……。

「シュティーフ殿、すまないが、ひとりだけ許してもらえないだろうか?」

「……わかりました。ブルーメントリット卿からも、執事殿がご一緒におられるようであれば、自分の無事を聞くまで絶対に動かないだろうとおっしゃっておりましたので……」

「坊ちゃんがそんなことを……」

執事が軽く目元をぬぐった。

もっとも、手が離れた次の瞬間にはいつもの鉄面皮に戻っていたがな……。

「では、おふたりにお話しいたします。驚かずにお聞きください……」

シュティーフ殿はそう前置きして話し始めた。

結局、私は何度も何度も度肝を抜かれることになった。

驚かずにと言われたが、驚かぬわけにはいかなかった。

と同時に、溢れ出る喜びを抑えることができなかったのである。

そして、話を聞き終わった私は速やかに行動した。

王都や南部の信頼できる人々に密書を出すとともに、深夜にも拘らず東部守備司令部へ乗り込んだ。

今や、標的は定まったのだ。

容赦なく、その地位から引きずり落としてくれる――。

# 第六話　捨てた者の末路とは　前編

王城の謁見《えっけん》の間。

ここは今、多数の人々でごった返していた。

国務大臣以下の閣僚や官吏、近衛騎士団をはじめとした王国軍の幹部、大規模な軍勢を有する各地の貴族たち。

要は、いざ他国との戦争になれば主役を張るような面々だ。

だが、彼らが浮かべる表情は人によって大いに異なる。

訳知り顔で悠然とたたずむ者がいるかと思えば、ある者は招集された理由を困惑顔で尋ねて回り、またある者は不愉快そうな顔をしている。

僕は、そんな人々のうち、訳知り顔で悠然とたたずむある人物の側近くに控えていた。あたかも、ブルーメントリット伯爵の付き人のような顔をしてね――。

「今のところ先生に気づいた者はいないようです……」

その人物――エリアスが小声で呟いた。

「そうだな……。案外気づかれないもんだな……」

「二十歳近く若返ったのです。顔見知りがいれば多少は疑問に思うかもしれませんが、先生だとは気づきません。せいぜい、他人の空似くらいに思う程度でしょう」

エリアスは「私だって最初に見た時は信じられませんでしたから」と微笑を浮かべた。

彼と再会したのは今から二週間ほど前のこと。

フリートラント消滅について調べる調査団員のひとりとして、エリアスがゴスラルに滞在していた時のことだ。

ホルストさんを救い出すためハンスさんの協力を得て情報収集を進めていた僕の元に、フリートラントや炎龍について尋ねて回っている一団の話が舞い込んできた。

その一団がブルーメントリット伯爵家の家臣だと名乗っていることや、主君たるエリアスがゴスラルに滞在していることも含めてね。

ギュンター説得の協力をお願いせねばならないかと思っていた相手と、まさかこんなところで出くわすとも思いもしなかったが、これはまたとない好機だ。

ホルストさんや彼の部下たちの命が今まさに危険にさらされているし、なにより問題を解決するには、騒動を引き起こしている大元を根こそぎ断ち切らなければならない。

彼を騒動の渦中に巻き込んでしまうことになるが、もうそんなことでうじうじと悩んでなんかいられない。

果断にやり切るしか方法はないんだ。

だが、姿が変わってしまった僕がいきなり会いに行っても話はうまくいかないだろう。

そこで、ハンスさんにエリアスとの接触をお願いすることにした。ギュンターの紹介状を預けてね。

エリアスとハンスさんの接触は無事成功し、その日の夜には僕自身がエリアスと顔を合わせた。

自分の口から改めて事情を説明し、協力を求めた。

正直なところ、会ったはいいものの彼が必ず協力してくれるとは思っていなかった。

エリアスは多数の家臣を抱えるブルーメントリット伯爵家の当主だ。いくら僕が彼の師匠だといっても、下手をすれば家臣にも累が及ぶかもしれない話に、おいそれと乗れるわけなんてないと思っていたのだ。

協力してもらえるにしても、少なくとも数日は考える時間が必要だろうと……。

ところが、エリアスは二つ返事で協力に応じてくれた。

師匠の僕にそれだけの信頼を寄せてくれていた……と自惚《うぬぼ》れることもできるだろうが、実際は、僕たちが標的とする者たちが墓穴を掘っていたに過ぎない。

彼らは色々とやりすぎていた。

危険を承知の上で、彼らの排除に動こうという者たちが出てくる程度にはね……。

「ふむ……。我輩の出番はまだないか……」

頭の上で、少し不満げなため息が聞こえた。

人化したジークムントだ。

彼のほうが頭ひとつ分は背が高いため、こうして並んでいると真上から声が聞こえてくるような感じになる。

「すまないな。準備が無駄になってしまった……」

「構わぬ。人化の術は扱いが難しい。己自身に使うならばともかく、他人に使うには不安定な術だ。

思わぬミスを引き起こすかもしれぬ」

僕をあのアルフレートと疑う者が出るようなら、多少の欠点には目をつぶり人化の術で僕の顔を変えてもらう手はずになっていた。

事前に試してみたら、できないことはないけど、いつ解けてしまうかわからない不安定な代物だってことがわかった。

使わないに越したことはない。

ちなみに、謁見の間には国王の護衛騎士以外は武器の持ち込みは厳禁。

よって、エクスカリバー、ミストルティン、カドゥケウスはここにいない。

彼らがいない今、ジークムントは護衛役でもあり、僕と同じくブルーメントリット伯爵の付き人のフリをしてこの場に潜り込んだ。

ジークムントがいれば僕の身に危険が及ぶことなんてあり得ないだろうが、正体が露見するかもしれないことを考えれば、僕らはそれなりに危険な真似に手を出している。

だけど、それでも僕はこの場にいなくちゃいけない。

どうしてかって？

決まってる。

これから騒動の大元連中を根こそぎやっつけるんだ。

言い出した僕がやらずに、誰にやらせるというんだ――。

「国王陛下の御成《おな》――り――っ！」

衛兵が国王の出御《しゅつぎょ》を告げる。

謁見の間でごった返していた人々は、ただちに自分の定位置に並び、国王を迎える準備を整えた。


玉座に着いた国王はとても不機嫌だった。

眉間にしわを寄せ、イライラと貧乏ゆすりをしている。

いくら機嫌が悪いといったって、国王には相応しくない振る舞いだ。

見かねた国務大臣が遠慮がちにたしなめたのだが――。

「急に軍議など開催しおって！　余は聞いておらんぞ⁉」

そうなのだ。

帝国への対応を話し合うための軍議は明日に予定されていた。

その予定が一日繰り上げられたのは――。

「申し訳ございません！　このわたくしが軍議の緊急開催を願い出たのでございます！」

エリアスが玉座の前へと進み出る。

途端に「お前が諸悪の根源か⁉」と言わんばかりの視線が注がれる。謁見の間がごった返していた時、不愉快そうな顔をしていた者たちだ。

それに加えて、当然ながら国王も同じ顔をしていた。

「ブルーメントリット伯爵！　余は多忙なのだぞ⁉　わかっておるのか⁉」

「重々承知しております。ですが軍議へ出席なさる方々は、生真面目なことにすでに王都へご参集とのこと。であれば、早いに越したことはございません」

「早いに越したこと？　何がだ⁉」

「はっ。帝国軍侵攻に始まる一連の不祥事……。その責任者を処罰し、王国軍の綱紀を粛正するためでございます」

謁見の間が大いにざわつく。

あちこちから、ささやき合う声が聞こえた。

帝国軍の侵攻に当たっては少なくない不手際があったのは確か。だが、「不祥事」とはどういうことだ？

不正でもあったのか？

まさか帝国への内通者……？

国王も当然の疑問を抱いたらしく、すぐさまエリアスを問いただした。

「ブルーメントリット伯爵！　余の臣に内通者がいたと申すか⁉」

「内通者ではございません。ただし、我が国をむしばむ害虫の類であることは間違いございません。害虫はただちに駆除せねばなりません。さもなければ、国王陛下の御宸襟《ごしんきん》を大いに悩ませることでしょう」

謁見の間のざわめきは一層大きくなった。

南部四大貴族の一角たるブルーメントリット伯爵が「害虫」という極めて強い嫌悪感を含んだ言葉

を口にしたのだ。

伯爵がここまで言うからには、相当な証拠があるのではないか？

不愉快そうな顔をしていた者の中には、馬鹿馬鹿しい話だと舌打ちする者もいたが、馬の大半はエリアスの発言を注視している。

国王も「自分の快適な生活がおびやかされる」というくだりには、身を乗り出して反応した。

「よっ、余の身に危険が及ぶと申すか⁉」

「そこまではなんとも……。ただし、これら害虫どもは逆賊に等しき奴原《やつばら》にございます。野放しにしては陛下の権威を著しく損なうことは明白。帝国にさらなる勝手を許すことにもなりましょう」

「わ、わかった！　許すっ！　余は許すぞっ！　ブルーメントリット伯爵の好きなようにするがよい！」

「ありがたき幸せに存じます」

エリアスは深々と腰を折り、恭しく礼を述べた。

「国王陛下、もうひとつお願いがございます」

「なんだ？　まだあるのか？　申してみよ！」

「このたびの害虫の件、当家の家臣が徹底した調査を行ってございます。逆賊どもを一網打尽にするため、その者に話をさせたく思います。お許しくださいますか？」

「そんなことか……。構わん――――」

「お待ちください！」

物言いが入った。

近衛騎士団長だった。

「おおっ。フリッツか?」

騎士団長——ヨゼフ・フォン・プリュッツマン伯爵は、国王が王太子時代に長く侍従武官を務めた。要は国王のお気に入り。

気安いためか、公の場でも騎士団長を名前で呼ぶことがある。

国王という立場からすれば、あまり褒められたことではない。

「伯爵家の家臣は陪臣に当たります! いやしくも国王陛下の直臣でない者が、国王陛下に直接奏上するなど無礼極まります!」

「いや、そうとは限りませんぞ」

静かな声が割り込む。

憲兵司令官のオルブリヒト将軍だ。

「国家に仇をなす大罪人の告発は、古来より君主自らこれを聞き届け、沙汰を下したと聞きます。陛下が直接お聞き届けなさっても何ら問題はございません」

軍人の不正を取り締まる憲兵司令官の言い分だ。

近衛騎士団長は「そんな法があるわけではない!」と抵抗したが、憲兵司令官も「古来の慣習を疎《おろそ》かにするのは如何なものかと思います」と引かない。

「陛下、ブルーメントリット伯爵は『我が国をむしばむ』や『陛下の権威を著しく損なう』と申しました。本件は国家に仇なす大罪人の告発であることは明らか。陛下がご親裁なさるべき案件と存じます。ならば、告発は直接お聞き届けなさるのがよろしゅうございます」

そんな慣習があっただろうかと首を傾げる者もいたが、尋ねられたヘフテン司法大臣が「相当に古いものだが、あったことに間違いはありません」と断言すると、謁見の間の大勢は一気に憲兵司令官の意見に傾いた。

雰囲気が変わったことを見計らい、すかさずエリアスが言い添えた。

「陛下、事の是非は決着がつきました。本件は国家の一大事。寸暇の遅れも許されません。なにとぞ賢明なるご判断を……」

「うむ……。そうだな……」

国王には特にこだわりはなかったらしい。

近衛騎士団長が「しかし――」などと食い下がっていたが、自分の生活がおびやかされたり、権威が損なわれたりすることのほうに関心が強い。

結局、ブルーメントリット伯爵家の家臣こと僕――アルフレートが奏上することを許した。

忌ま忌ましげに唇を噛み、こちらを睨みつける騎士団長。

こちらに気づいたかと思ったけど、そういうわけじゃないらしい。

自分の思いどおりにならなかったことに腹を立てているだけだ。

一安心しつつ、騎士団長を横目に玉座の前に進み出た。

さあ、他人をないがしろにしてきた連中に退場してもらう時が来た！

玉座の前で膝をつき、頭を垂れる。

後ろにはジークムントもいて、僕と同じように礼を取っている。

どうしてこんな人間に頭を下げねばならないんだと、強烈な不満の気配が漂ってきた。事前にかなり説得はしたけど、途中で暴れ出したりしないだろうな？　これ……。

「国王陛下、我が家臣アルフレートとジークムントにございます」

エリアスが紹介すると、国王は「ん……」と一言、興味なさそうな返事をした。

「詳細はアルフレートのほうから説明いたします」

「わかった。面《おもて》を上げい。礼はいいから早く始めよ」

許しを得て顔を上げると、国王は「早く早く」と言わんばかりに手を軽く振っている。

何かに気づいた素振りはない。

どうやら僕が、自分が追放したアルフレートだとは気づいていないようだ。と言うか、そもそも僕をあんまり見ていない。

自分の身に降りかかるかもしれない不利益には興味はあっても、僕には興味はないのだろう。

結論を早く聞かせろと言いたそうだ。

ただし、思いどおりにはしてやらない。

王国に巣食う害虫を根絶やしにするためには、ゆっくりじっくり連中を追い詰めて、白日の元に引きずり出さねばならない。

「ではまず、事のいきさつからご説明申しあげます」

「いきさつ？　迂遠なことを……。さっさと結論だけ述べぬか！」

「お言葉ですが国王陛下、それでは逆賊を一網打尽にできません」

「なんだと？」

「奴らをひとりでも逃してはなりません。ひとりでも逃せば、再び我が国に仇なす不届きな行為に及ぶでしょう」

「余の身に危害を及ぼすと申すか？」

「仰せのとおりにございます」

「……わかった。さっさとすませよ！」

「ははっ！」

不機嫌そうだが、とにもかくにも国王陛下のお許しをいただいたわけだ。

好きにさせてもらうとしよう――。

「今回、害虫の存在が露見したのはまったくの偶然でした。帝国軍の侵攻に当たって出された、あるひとつの命令がすべてのきっかけだったのです」

「命令だと？　誰が出したものだ!?」

「東部守備司令官グリュックス将軍です」

謁見の間が騒然とする。

王国軍幹部の列から、誰かが「デタラメだ！」と叫んだ。

名指しされたグリュックス将軍だ。

「き、貴様っ！　私を逆賊の一味と言うのか!?　なんたる侮辱だ！　承知せんぞ！」

掴みかからんばかりに僕に迫るグリュックス将軍。だが、僕たちの間にジークムントが素早く割り込んだ。

大柄で威圧的な雰囲気のあるジークムントを前に、将軍は少し後ずさったものの、なんとか言葉を絞り出した。

「じゃ、邪魔立てするのか!?」

「…………」

むっつりと押し黙るジークムントに、将軍は口ごもってしまう。

意図的に黙っているというより、こんな奴とは言葉も交わしたくないと不機嫌で黙っているだけなんだろうけど、良い感じの雰囲気を醸し出している。

すると、その隙にエリアスが将軍の前に出て、

「そのセリフ、そのまま貴公に返すぞ。グリュックス将軍……」

いくぶん挑発的な口調でそう言った。

「国王陛下の御前だぞ？　将軍たる者が名を出されただけで慌てふためき口から泡を飛ばして喚き立てるなど見苦しい……」

「何を言う！　貴公の家臣が私を害虫と侮辱したのであろう！」

「違うな。我が家臣は『害虫の存在が露見するきっかけとなった命令を出したのはグリュックス将軍だ』と申し上げたに過ぎない。将軍が逆賊と断じたわけではないぞ？」

「い、いやっ！　あの話の流れで名指しをされれば――」

「それとも貴公、身に覚えがおありかな？」

グリュックス将軍にみなまで言わさず畳みかけるエリアス。

将軍も言葉に詰まるが――。

「グリュックス将軍の言うことももっともです！　ブルーメントリット伯爵は、言葉には十分配慮するよう家臣を注意すべきですな！」

ここぞとばかり、近衛騎士団長が加勢に入った。

こいつは邪魔する機会をうかがっていたな？

エリアスも同じことを感じ取ったのだろう。すぐさま「十分に配慮させましょう」と言って引き下がり、形ばかりの注意を僕に与えた。

でも、注意されたところでもうどうしようもないんだけどな……。

玉座から、国王が「早く続けよ！」とうるさい。

わかりました。

お望みどおり、話を再開するとしましょう――。

「グリュックス将軍は、帝国軍の侵攻を押し留めていた東部の町フリートラントへひとつの命令を下したのです」

フリートラントの名が出たことで、謁見の間が少しざわめいた。例の消滅した町ではないかと、誰もがささやき合っている。

ところが、当のグリュックス将軍は頭に疑問符を浮かべていた。

こいつ、もしかして……あの命令のこと、忘れているんじゃないだろうな？

フリートラントから送られた報告や援軍要請に、まともな返事ひとつ返せなかったほど、混乱していたのはわかっている。

自分が下した重大な命令を忘れてしまうほど混乱していたか？

ハルダー卿やギュンターがここにいれば、剣を抜き放っていたかもしれない。

実に腹が立つ話だ。

腹は立つが、好都合といえば好都合。

この様子なら邪魔されることはなさそうだ――――。

「――――将軍が下したのは死守命令です。帝国軍を食い止めるため、何人たりとも退くことは許さない。退いた者は敵前逃亡の罪で処刑すると、命じたそうです」

謁見の場に集まった人々が痛ましそうな表情を浮かべた。

フリートラントの将兵を思ってのことだろう。

過酷な命令を下された将兵の心中はいかばかりであっただろうかと……。

でも、これだけで決定打になるわけじゃない。

なぜなら――――。

「死守命令がどうしたというのだ？　戦況によっては非常な命令を下すのが指揮官の役目ではないか！」

またも口出ししてきた近衛騎士団長。

横柄な言い方だが、間違ったことは言っていない。

この場の誰もがそれはわかっている。わかっているからこそ、将兵に同情しつつもグリュックス将軍を責める声はない。

これに力を得てか、将軍も「そ、そうです！　そのとおりです！　あの状況では仕方がなかったのです！」と何度もカクカクと首を振って頷いた。

ようやく思い出したらしい。

安堵したような顔をしているが、本当に安心していいのかな？

「話はまだ終わっていません」

「何？」

「近衛騎士団長閣下のおっしゃるとおり、死守命令自体はやむを得ないこともあります。ですが、グリュックス将軍の下した死守命令は常軌を逸していました」

僕の言葉に「どういうことだ？」と何人もが耳をそばだてる。

「皆さんは、死守命令がフリートラントの将兵に出されたとお考えでしょう？　しかし事実は違います。命令はフリートラントにいた者すべて……すなわち、民や将兵の区別はなく、老若男女を問わず、子どもさえも対象にしていたのです。この命令に反すれば、子どもでも敵前逃亡で処罰されることになったのです」

話を聞いていた人々の中から「そんな無茶な命令があるか！」と声が飛んだ。

そうだ。そのとおりなのだ。

東部守備司令部が混乱の中で出した命令は、普通ならあり得ない命令なのだ。

近衛騎士団長がグリュックス将軍に目で問うが、将軍は首を振るばかりでまともに答えることができない。

「民を守ることは王国軍の義務にほかなりません。しかし、この死守命令は守るべき民を王国軍の盾にせんとする無慈悲なもの。王国軍を預かる将軍たる者が出すべき命令ではありません！　こんな命令を受け取った民はどう思うでしょうか？　王国への——引いては国王陛下への信頼を失い、不信を抱くことは間違いありません！　現に、フリートラントへの死守命令は王国東部で噂となっており、民の間に王国の——国王陛下に対する不信感が広がっております！　国王陛下の権威はいたく傷つけられたのです！　帝国の逆襲に備えねばならないこの時、なんたる重大な失態でしょうか⁉」

謁見の間に集まった人々の目の色が変わる。

敵を迎え撃たねばならない時に、民を敵に回すような失態だ。怒りや憤りの念が漂い始めた。

しかし——。

「待てっ！　貴様はどうしてそんなことを知っている⁉」

口を出したのは、またしても近衛騎士団長だった。

「貴公らはお忘れではないか⁉　フリートラントは消滅したのだぞ⁉　そこにいた者たちもろともに

だ！　貴様が言う死守命令についてどうやって証言を得たと言うのだ⁉　証言すべき者はどこにもいないのだぞ⁉　見ろっ！　グリュックス将軍もそんな命令を出した記憶はないと、身の潔白を訴えておるわ！」

「そ、そのとおりです！　私はそんな愚かな命令は下していない！　これは讒言《ざんげん》だ！　私を陥れようとする讒言だ！　証拠などあるわけがない！」

ふたりは猛然と反論するが……かかった。

見事にかかってくれた。

もう少し悪あがきするかと思ったが、しっかり記憶していないところに予想もしないことを言われて泡を食っているらしい。

よろしい。

お望みどおりにして差し上げよう――――。

「おふたりは証拠をお望みのようですね？　お館様？」

「そうだな。ならば証人を連れてくるとしよう」

「な、何だと⁉」

「証人をこれへ！」

エリアスが命じると、ジークムントがつかつかと謁見の間の大扉に歩み寄り、衛兵を押し退け大扉を開いてしまった。

ジークムントの発する得も言われぬ圧を前に、精鋭を誇るはずの王城の衛兵も腰が引けてしまっている。

そして大扉が開いた先に控えていたのは、ひとりの初老の男性だった。

「証人はこちらへ来て名乗りなさい」

「ははっ！」

初老の男性は僕の隣まで進むと、膝をついて国王への礼を取った。

「ゴスラルにて商会を営んでおります、ハンス・シュティーフと申します」

国王は不満げな様子でぞんざいに手を振った。平民が何しに来た、とでも言いたげな顔だ。

集まった人々も訝《いぶか》しげな表情を浮かべている。

ただひとり、オスター大蔵大臣だけは、ちょっと驚いたような顔をしているけどね。なんであの人がこんなところに？　って顔だ。

でも、そんな大臣の様子に気づく者はいない。

もちろん近衛騎士団長も気づいた様子はなく、見下すような表情を浮かべてエリアスに尋ねた。

「ブルーメントリット伯爵、この者はいったい何者か？　恐れ多くも国王陛下の前へ一介の商人を呼び寄せるなど無礼にも程がある！　貴公は何度無礼を働けば気がすむのか!?」

僕が話すことをまだ根に持っているのだろう。

話を蒸し返すような話し方だ。

だが、エリアスは意に介さずに答えた。

「一介の商人？　はて？　近衛騎士団長閣下は彼をご存じないので？」

「は？　そんな商人など知らんぞ！」

「グリュックス将軍は如何かな？」

「わ、私も知らん！」

「なんと……。東部の守備を任された貴公もご存じないとはな……」

エリアスは「仕方がない」と言いたげに首を振る。

「ならばご紹介しよう。彼は王国東部有数の大商会たるシュティーフ商会の創業者にして先代商会長のハンス・シュティーフ殿だ。この中でシュティーフ商会を知らぬ者はおるまい？　手広く商売をしているし、借り入れのある貴族も多いだろう。そういえば、王室も彼の商会に借入金があるのでは？」

思わぬ大物の登場に、驚きの声が上がる。

だが、ハンスさんは落ち着いた様子で「手前はそんな大した者では……」と謙遜する。

「もう昔の話です。商会は息子たちに任せました。手前はのんきに行商の真似事をする隠居に過ぎません」

「謙遜する必要はない。あなたは華美や不正を嫌い、貴族とは必要最低限しか接しようとしなかった。当然、晩餐会など華やかな場にもほとんど顔を見せていない。そのせいで、あなたのことを知る者が少ないのだ。知らぬ者にはしっかり知らせておかなくてはならないからね」

「王国を代表する皆様方が一堂に会するような場に、手前のような者が顔を出すなど恐れ多い限りでございます。手前には行商に出ているほうが向いておりますので……」

「謙虚なことだ。大商会の主となってもなお、地を這うような細かな商売をも忘れない、ということかな？」

「恐縮です」

神妙な態度を崩さないハンスさんに対し、エリアスは笑顔を浮かべて話している。

「ではシュティーフ殿。前置きはこれくらいにして、あなたがフリートラントで見聞きしたことをこの場の皆様にお話しいただきたい」

「わかりました。手前は死守命令が出された直後、従業員たちとともにフリートラントへ食料を運び込みました」

「それは誰の依頼だったのだろうか？」

「フリートラント守備隊の臨時指揮官となられたハルダー卿からのご依頼です」

「依頼はそれだけで？」

「いいえ。食料を運び終えた後、ハルダー卿より新たな依頼がございました」

「どのような依頼か教えてほしい」

「ハルダー卿は、帝国軍に包囲される前にひとりでも多くの民を逃がしたいと仰せになりました。そこで、行く当てがなく町へ留まらざるを得なかった人々の中から三百人の子どもたちを手前に託されたのです。もっと連れて行きたかったのですが、手前どもの荷馬車に乗せられるのはそれが限界でした」

「それは素晴らしい……。ハルダー卿は騎士の鑑のような人物だ。帝国軍が迫る中、依頼をこなしたあなたも商人の鑑というべきだ」

「とんでもございません……」

「それで、その子どもたちはどうなったのだろうか？」

「手前の商会があるゴスラルへ避難させようとしました。ですが、ゴスラルの守備兵は死守命令を理由に子どもたちの入市を拒みました。あまつさえ『子どもたちをフリートラントへ返してこい。フリートラントにいた者は誰であろうと退くことは許されない。手前と従業員だけなら入れてやる』などと無慈悲なことを――」

「ちょ、ちょっとお待ちを！」

グリュックス将軍が慌ててハンスさんを遮《さえぎ》った。

エリアスが冷たい目で将軍を見つめる。

「何かな？　グリュックス将軍」

「そ、そのようなことがあるわけがない！」

「ほう。では、このシュティーフ殿が嘘をついていると？　王国が借り入れするほど信用のある商人が嘘を？」

「わ、私の言いたいのはそうではなく――」

「国王陛下、よろしいでしょうか？」

そこで声を上げたのはオスター大蔵大臣だ。

渋い顔で、大臣たちの列から一歩前に出る。

「国王陛下に、そしてこの場に参集された皆様に申し上げたい。シュティーフ殿は極めて真っ当な商人であり、王国との取引で不手際があったことは一度もないし、もちろん不正を疑われたこともただの一度もない。ただの一度もだ。さらには帝国との戦争に際して、破格の利子で多額の借り入れにも応じてもらった」

「大したことはございません。不正に手を染めればお客様の信用は得られません。嘘偽りなく取り引きすることは商人の鉄則なのでございます。貸し出しにつきましても、手前は故郷を守る一助になればと考えたまでのことでして……」

「そのように考える商人は決して多くはないのだ。とにかく、我が国はシュティーフ商会にひとかたならぬ借りがある！　シュティーフ殿が嘘をついているかのようなご発言は厳に慎んでいただきたい！」

オスター大臣がグリュックス将軍を怒鳴りつける。

ハンスさんに恩を感じているのは確かだろうし、王国の財政を預かる大蔵大臣としては大口の借入先をないがしろにするような真似は絶対できない。

大臣の言葉には「シュティーフ商会が一括返済でも求めてきたらどうするつもりだ？　新規の借り入れに応じてくれなくなったら誰が責任を取る？　わかってんのか？　ああん⁉」って脅しも多分に含まれている。

グリュックス将軍はしどろもどろになったものの、自己弁護のためになんとか言葉を絞り出す。

「わ、私が言いたいのはそうではなく……。そ、そうだ！　現場の兵士が命令を誤ったに違いない！

そうに違いない！　た、ただちに調べて処分を！」

「誤った？　それで済むと思っているのか？　部下が失態を犯せば上官が責任を取るものだ！　そんなことは常識ではないか⁉」

「い、いや……！　だから失態があったか調べて……」

「なるほど。たしかに調査は必要だ。だがしかし、貴公の部下たちのせいで国王陛下の権威に傷がつき、民には不信感を植えつけたのはゆるぎない事実。この責任をどうとるつもりだ？」

「わ、私は……」

グリュックス将軍はガックリと肩を落とした。

# 第七話　捨てた者の末路とは　後編

　エリアスとオスター大臣の攻撃を前に、グリュックス将軍は言葉を失ったが、またしても近衛騎士団長が口を出す。

「国王陛下、発言をお許しくださいますか？」

「うむ。構わんぞ」

　人間関係があるためか、国王あっさりと許可する。

「グリュックス将軍に責任なしとはいえない状況になりました。ですが、将軍が故意に罪を犯したわけではございません。どうか挽回の機会を。将軍に真相を究明させ、真に責めのある者を処罰するのです。これを東部の民へ広く伝えれば、国王陛下も将軍も不正を許さぬ清廉潔白な人物と信を得ることとなりましょう」

「こ、近衛騎士団長閣下……」

　グリュックス将軍が涙ぐみながら騎士団長を見つめる。

　なんだか良い話に落とし込もうとしているが、要は誰かに責任を押しつけて都合の良い物語を作り出そうとしているにすぎない。

「そうだな……。ヨゼフが申すなら……」

「お待ちください」

僕はすかさず口を挟んだ。

「まだお前か……。話はこれで終わりであろう？　これ以上何を待つというのだ？」

「話はまだ終わっておりません。逆賊どもが犯した罪は、まだ半分も明らかになっていないのです」

国王は「まだあるのか……」とうんざりした表情を浮かべ、近衛騎士団長は黙っていろと言いたげに僕を睨みつけ、口を開きかけた。

だがしかし、そこでヘフテン司法大臣とオルブリヒト憲兵司令官が口々に賛意を表明した。

「罪は明らかにされるべきでございます。司法大臣として、彼の報告は終わりまで聞きとうございます」

「司法大臣に同感ですな。憲兵司令官としては、軍内部に害虫がいるならぜひとも駆除したいところですな」

犯罪を取り締まることが務めのこのふたりにこう言われてしまうと、それでも話を聞く必要はないと主張できる者はこの中にはいない。

いるとすれば国王だが、先王陛下の時代に任じられたこのふたりを前にしては強く出ることもできないようだ。

実に不服そうな顔つきで口を開いた。

「……わかった。わかった！　話を続けることを認めてやる！」

「ありがとうございます」

「でっ⁉　何を話そうと言うのだっ⁉　くだらぬ内容であれば容赦せぬぞ⁉」

「とんでもございません。とても興味深い内容です。グリュックス将軍が清廉潔白な人物ではないという証拠となるお話でございます」

自分の発言に対するあてつけだと思ったのだろう。近衛騎士団長が「貴様っ⁉」と声を上げる。

だが、ジークムントにひと睨みされ、悔しそうに唇を噛んで後ずさってしまった。

当のグリュックス将軍は、これ以上何を言われるのかと気が気ではない様子。顔には血の気がないし、呼吸も荒い。

「では申し上げます。国王陛下、この度の戦で帝国への内通者がいたというお話はご存じでしょうか？」

「もちろん聞いておる！　連中のせいで帝国の勝手を許したのだ！」

「帝国が我が国の領内深く進攻できたのは内通者のせいだとおっしゃるのですね？」

「そのとおりだ！」

「残念ながら、それは間違いです」

「何ィ⁉　余はそう報告を受けておるぞ⁉」

「グリュックス将軍からでしょうか？」

「そうだ！　内通者の首魁《しゅかい》はハルダー男爵！　ヘルツベルグ城の副将から降ろされたことを恨み、帝国に寝返ったのだ！　その息子も共犯なのであろう⁉　そうだな⁉」

国王がグリュックス将軍に尋ねる。

将軍は「ビクリッ！」と肩を揺らしつつも、ここは弁解の良い機会と思ったのか、言葉を噛みつつも口を開いた。

「そ、そ、そのとおりでございます！　内通者がいたからこそ、我が軍はまともな防戦ができなかったのです！　ハルダーには逃げられましたが、息子のほうは捕らえております！　罪を認めるのは時間の問題かと！」

「ハルダー卿の息子であるホルスト・フォン・ハルダー卿は無実を訴えていると聞きますが？」

「罪人の戯言だ！　信じる必要はない！」

「しかし将軍。ホルスト・フォン・ハルダー卿はヘルツベルグ城の陥落後、敗残兵を結集して部隊を再編成し、攻め寄せる遊撃戦を仕掛けました。帝国軍の進撃は停止し、見事に足止めに成功したそうですね？　はたして内通者がこのようなことをするでしょうか？　この戦いに参加した兵士たちは数多く生き残っています。証言はいくらでも取れますよ？」

「それは誤解だ！」

「は？　どういうことでしょう？」

「そもそもホルストの指揮で足止めしたなどという事実はない！　すべてはヘルツベルグ城のエリック・フォン・シュナイダー守将の指示によるものなのだ！　そうだな⁉」

グリュックス将軍が王国軍幹部の列に向かって呼びかけると、小柄な男が飛び出てきた。シュナイダー守将だ。

まさか自分に火の粉がかかるとは思っていなかったのだろう。

冷や汗をダラダラかいている。

「シュナイダー！　貴様から受けた報告では、帝国軍の足止めは貴様の指示によるものだったな⁉　そうなんだろう⁉」

「そ、そうです！　すべて私の指示です！」

「お待ちください。それはおかしい」

「な、何がおかしいというのだ⁉」

「シュナイダー守将は帝国軍の侵攻直後、城を捨てて逃亡したのではありませんか？」

「そ、そんな事実はない！」

「ヘルツベルグ城はたった一日で陥落しているのですよ？　その証拠に、城には戦闘の跡がまるでありません。あの難攻不落の名城が何らかの戦闘もせずに一日で陥落などおかしいではありませんか？　それもこれも、守将の逃亡が招いたことなのです」

「ち、違うっ！　すべては作戦だったのだ！」

「作戦？」

「わ、我々は不意を！　それは認める！　不意を打たれてろくな防衛態勢が取れず、城を守ることはできなかった！　そこで次善の策として、地の利を活かした遊撃戦で帝国軍を足止めすることにしたのだ！」

……この男、自分の敵前逃亡をなかったことにしてしまう腹積もりらしい。

ついでにホルストさんの手柄を奪い、城を奪われた失態と相殺《そうさい》できるかもしれない。一石二鳥だ。

ハルダー卿やホルストさんが内通者だと言い出したのか誰かわからないが、この守将にとっては、さぞかし都合のよい話であったに違いない。

だが、誰が都合よく逃がしてなんかやるものか――。

「なるほど、守将のご主張はわかりました。ですが、おかしいですね？」

「な、何がだ⁉」

「ヘルツベルグ城が陥落した原因は深刻な兵力不足です。そしてそれを招いたのは、あなたが割り当てられた予算を横領したから。違いますか？」

明白な罪の告発に、集まった人々の視線が一斉にシュナイダー守将に注がれる。

「ちょ……！　皆さんちょっとお待ちください！　冷静になってください！　私は横領などしていない！　これは讒言！　讒言だ！　私を陥れようとする讒言に違いありません！　この男の讒言を信じないでください！」

「とんでもない！　讒言などではありませんよ？」

「嘘を言うな！　証拠もないくせに！　そこまで言うのなら証拠を見せてみろ！」

「証拠？　構いませんよ？」

「……は？」

「お覚悟はよろしいですか？」

「デ、デタラメだ……！　証拠なんてあるわけが――」

「ではオルブリヒト将軍、お願いします」

僕が言うと、憲兵司令官オルブリヒト将軍が数冊の帳面を手に進み出た。

国王や集まった人々が身を乗り出す中、将軍は厳しい顔つきで話し始めた。

「数日前のことです。憲兵司令部へ匿名《とくめい》の告発がございました。罪状は横領。告発されたのは、ヘルツベルグ城守将エリック・フォン・シュナイダー男爵です！」

謁見の間が騒然とする中、オルブリヒト将軍は手にした帳面を掲げた。

「こちらはヘルツベルグ城の予算に関する帳簿です。一冊は改竄《かいざん》された正規の帳簿、もう一冊は横領された金の流れが記された裏帳簿。これを見ると、横領された金はすべてシュナイダー守将の懐に入っております！　憲兵隊はシュナイダー守将をただちに拘束し、徹底的な取り調べを行いたいと考えております！」

さて、オルブリヒト将軍は匿名の告発とおっしゃったけど、その正体はもちろん僕だ。

将軍の手元にある帳簿ももちろん本物。

ジークムントやエクスカリバーの手を借りて、ヘルツベルグ城の守将室や会計室に忍び込んで持ってきたんだから間違いない。

守将が王都へ呼び出されて、ヘルツベルグ城を留守にしている間にね。

僕はさらに畳みかけた。

「国王陛下に申し上げます。横領が真実ならば、シュナイダー守将の発言は一切信用できません。自身の罪を隠すため、虚偽の報告を繰り返していたかもしれないのです！　帝国軍足止めの功にせよ、ホルスト・ハルダー卿の件にせよ、いずれも再考すべきです！」

続いてオルブリヒト将軍が、守将を冷たい目で見つめながらトドメを刺す。

「告発を受けましたので、捜査に当たる憲兵隊をヘルツベルグ城に派遣しております。遠からず真実は明らかとなるでしょう。下手人が自白してくれれば手間はないのですがね？」

さすがは将軍。抜け目がない。

オルブリヒト将軍が呼び寄せた憲兵が守将を取り囲む。

グリュックス将軍の責任を追及するはずが、思わぬ回り道になってしまったな。まあ、どの道守将のほうも告発するつもりだったんだ。手間が省けたと思っておこう。

シュナイダー守将が縋るような目でグリュックス将軍を見る。すると、将軍は心配するなと言いたげに小さく頷いた。

気づく者は少なかっただろうが、僕は見逃さなかった。

なるほど、後からいくらでも助けてやるということらしい。要は、このふたりは同じ穴に巣食うムジナか……。

ただ、グリュックス将軍にも余裕があるようには見えなかった。顔には焦りの色が浮かんでいるようにも見える。

まさか自分はともかくシュナイダー守将に手が及んでいるとは思っていなかったらしい。

「さて、グリュックス将軍……」

「な、なんだ……？」

「改めてお聞きしますが、ホルスト・フォン・ハルダー卿は本当に内通していたのですか？」

「そ、それは……」

「詳しく調べねば断言できませんが、帝国軍足止めの功はホルスト・フォン・ハルダー卿のもの。シュナイダー守将の様子を見れば、明らかではないでしょうか？」

憲兵に囲まれた守将は「終わった……」などとボソボソ呟くだけで、こちらの声はまったく耳に入っていない。

「ホルスト・フォン・ハルダー卿は無実。その可能性が極めて高い。同様に父親であるディルク・フォン・ハルダー卿もです。そうではありませんか？」

「違う……」

「え？　なんですか？」

「ち、違うっ！　それは違う！　シュナイダー守将は罪を犯したかもしれんが、それとこれとは無関係だ！」

「なんですって？」

「そ、そもそもホルスト・フォン・ハルダーが疑われたのは、父親のディルク・フォン・ハルダーに内通の嫌疑がかけられたためだ！　よしんば息子が無罪だとしても、父親の罪は明白だ！」

「明白？　何か証拠でもあるのですか？」

「奴はフリートラントとともに消えた！　裁かれることを恐れて逃亡したのだ！」

「フリートラントが消え去ったことは存じていますが、それでどうして逃げたと言えるのですか？」

「証拠を消し去るためだ！　奴はフリートラントごと証拠を消し去り逃亡したに違いない！」

「証拠を消すためだけにフリートラントを？　自分ひとりのためにそんなことをしますか？」

「ハルダーだけではない！　あの町に集まっていた貴族たちはいずれも小身の者ばかり！　常々己の処遇に不満を漏らしていたと聞いておる！　奴らは全員共謀者なのだ！　共謀者だからこそ町ごと消した！　討伐に向かった我が軍の目の前でな！　目撃者は何人もいるのだぞ⁉」

一万を超える討伐軍将兵の目の前でフリートラントが消えたのは事実だ。

いくら証拠を消すといっても、町ごと消える必要がどこにある？

そう言ってやりたいが、切羽詰まった人間は何をするかわからない。自分たちが不利になるから証拠ごと消え去ったと言われても、絶対に違うとも言い切れない。

集まった人々の中にも、そんな意見を口にする人がいるようだ。

それを見たグリュックス将軍がさらに言葉を続けた。

「フリートラントが消え去った後、東部では町や村が消え去る事件が相次いでいる！　だが、消え去ったのはすべてフリートラントにいた連中の領地ばかり！　フリートラントとまったく同じように消え去ったのだ！　これは手を下した者が同じだという何よりの証拠ではないか！」

惜しいっ！

手を下した連中が同じってところは大正解だけど！

「手を下した者が同じだったとして、町や村を消し去るなんてどんな方法を使ったとおっしゃるんですか？」

「きっと帝国の力を借りたのだ！　何かの魔術に違いない！」

とんでもないことを言う。

本人がいなくなったからといって、なんて都合の良い……。

町ひとつをきれいさっぱり消滅させる魔術なんて聞いたこともないし、そんなものを本当に帝国が使ったのだとしたら大事《おおごと》だ。

帝国と戦争になっても、王国は絶対に勝てない。

荒唐無稽な主張だが、町や村が消え去ったのも事実。方法がわからない以上、仮説はなんとでも言える。

とは言え、このままこんな主張を野放しにしておくと、我が親愛なる拾う女神様はたいそうお怒りになるだろう。

拾う女神の使徒としては、本筋からは離れるかもしれないけど、しっかりと抗議をしておかなくちゃならないな――。

「申し訳ありませんが、将軍の主張はまったくの的外れです」

「な……何だとぉ！　ま、的外れとは……無礼ではないか⁉」

「的外れは的外れです。町や村が消え去った原因はハッキリしていますので」

「ハッキリ……？　ほう……？　ならば教えてもらおうか⁉」

「拾う女神フィリーネ様の御業です」

「…………………は？」

グリュックス将軍の目が点になる。

将軍だけじゃない。

国王、近衛騎士団長、オスター大蔵大臣、ヘフテン司法大臣、オルブリヒト将軍……。謁見の間に集まった人々の目が一様に点になる。

うなだれていたシュナイダー守将さえ、僕の顔を見てポカンと口を開けていた。

「何を言うかと思えば……。拾う女神……だと？　なんだそれは!?　聞いたこともないわ！　いや、そんなことよりも！　貴様は頭がおかしくなったのか!?」

「いえ、至って真剣に申し上げております」

「はははははは！　言うに事欠いて女神様とは笑わせる！　これは傑作だ！　一応最後まで聞いてやろう！」

「ありがとうございます。では失礼して……」

僕は「ゴホン……」と咳払いをして、話し始めた。

「拾う女神フィリーネ様は、古の世に力を振るわれた女神様です。現在はほとんど名を知る者はいませんが、王国各地には女神様の祠が遺されており、かつての信仰の強さをうかがわせます」

「ほう、それで？　どんなご利益があるのだ？」

「拾う女神フィリーネ様は『捨てられしもの』をお救いくださるのです。捨て子、行き倒れ、故郷を追われた難民から、捨て犬や捨て猫、流行り病で放棄された町まで、ありとあらゆる『捨てられしもの』をお救いになり、安住の地を与えてくださるのです。味方に見捨てられた者も例外ではありません」

集まった人々の間から失笑が漏《も》れる。

うん。僕も自分で言っていて恥ずかしくなってきた。

でも、それ以上でも以下でもないし。

フィリーネの力は過不足なく説明したつもりだ。

「今回は、王国に見捨てられたフリートラントの人々を町ごとお救いになられたのでしょう。実にありがたいことです……」

「王国に見捨てられた？　人聞きの悪いことを言うな！」

「でも事実なので」

「何が事実だ！　そんな都合の良い女神などいるものか！　どうせ土着のよくわからん神でも引っ張り出してきたんだろう⁉」

せせら笑うグリュックス将軍。

だが、そんな将軍の言葉に意外な人物が反応を示した。

「土着のよくわからん神？　聞き捨てなりませんね……」

口を開いたのはハンスさんだ。

深い怒りの念を含んだその声に、失笑していた人々が静かになった。

「拾う女神フィリーネ様はたいへん霊験《れいげん》あらたかな女神様でいらっしゃいますよ？　手前は女神様のご加護に何度も救われております。命を救われたことさえあるのです。以来、手前の商会では女神様の祠を作って丁重にお祀りしているのです」

ハンスさんの口から出たのはすべて事実だ。

盗賊に襲われているハンスさんを助けたこともあったし、フリートラントから避難した子どもたちを拾ったこともあった。自分の商会に祠を作って祀っているのも、拾う女神を篤く信仰しているのも事実だ。

だからこそ、その声は感情がこもっていて聞く者に訴えかける。

この人物が心の底から本気で怒っているのだということが……。

ハンスさんの言葉はさらに怒りに溢れていく。

「何物にも代えがたい大切な女神様を『よくわからん』……ですか…………。我が国は他人が信仰する神を侮辱する人物を将軍職に据えているのですね？　よぉくわかりました」

不穏な声音のハンスさん。

オスター大蔵大臣が慌てて「謝罪！　謝罪したまえ！」と叫ぶものの、グリュックス将軍は戸惑うばかりで何も口にできない。

そこへ――――。

「拾う女神フィリーネ様なら私もよく存じておりますよ？」

笑顔で拾う女神の名を口にするエリアス。

意外な人物の参戦に、集まった人々が「まさか!?」と驚く。

「女神様には身内や家臣をお救いいただいたことがありましてね？　当家でも、女神様をお祀りしようかと考えていたのです。シュティーフ殿、ご教示くださいますか？」

「もちろんでございます。女神様を信じる者は同志も同然です」

「それはありがたい！　ぜひともよろしくお願いします！」

がっちり握手するエリアスとハンスさん。

どうやらお芝居じゃなく、真剣にそう思っているらしい。

「ところでシュティーフ殿？　拾う女神様を笑う者がいたようですが……」

「まったくとんだ無礼者がいたものですな……。そのような者がいる取引先との商いについては、より一層勉強させていただくこととといたしましょう……」

ハンスさんはどんな勉強をするつもりなのかな？

とりあえず、王国に著しく不利な勉強となることは間違いない。オスター大蔵大臣が頭を抱えている。

顔面蒼白のグリュックス将軍は近衛騎士団長に目線で助けを求めるが、あっさりと目を逸らされてしまった。

どうすればいいのかと目線を右往左往させる将軍。

そんな将軍の肩を、背後から強く叩く者がいた。

「どうやら話は一段落したようだな？」

他人を畏怖させるようなどすの利いた声。

ベック公爵だ。

将軍の口から「ひっ……」と小さな悲鳴が漏れた。

「拾う女神のことはよく知らんのだがな、フリートラントについて貴官に尋ねたいことがあるのだ」

「な、なんでしょうか……？」

「先ほどから黙って聞いておれば、貴官はフリートラントにいた者がすべて内通者と思ってるようだな?」

「あ……それは……その……」

「『奴らは全員共謀者』だと、そうハッキリ口にしていたではないか? どうなのだ? んん?」

「え、ええ……。はい……。そ、そうですね………」

「なるほど。では、我らの家臣も内通者だと、そういうことでよいのだな?」

「え……? は……?」

二の句が継げなくなる将軍。

近衛騎士団長が「しまった……」という顔をした。

「フリートラントには南部からの援軍が入った。存じておろう?」

「な、南部に駐屯していた近衛騎士団の一部隊が入ったとは……」

「その近衛騎士団の一部隊には、南部諸侯の兵を援軍につけていた。どちらかといえば我らの兵が主力だ。近衛騎士団二百名に対し、南部諸侯の兵が八百名だ。知らんとは言わせぬぞ?」

「き、聞いていない! 近衛騎士団が入ったとは聞いていたが、南部諸侯の兵など……!」

「とぼけるつもりか?」

「ち、違います! 近衛騎士団長からそのように……!」

場の注目が近衛騎士団長に集まる。

だけど、あいつは悪びれもせずに答えた。

「援軍は私が東部にいたときに到着しましたのでね。もちろん東部守備司令部にも伝えましたよ。ですが、伝達する際に齟齬《そご》があったようです。混乱する戦場ではよくあることですよ」

「……うむ。混乱は戦場の常だ。そういうこともあろう」

「そうでしょう？　仕方のないこと――」

「しかし、我らの兵が内通者だと断じたこととと、そのことは別だ……！」

大きな目玉をギョロつかせてグリュックス将軍を睨みつけるベック公爵。

肩を摑む手にも相当に力が籠もっているようだ。将軍が「い、痛い……！」と苦しげな声を出した。

「貴公らもそう思わんか？」

公爵の呼びかけに応じて、さらにふたりの人物が前に進み出た。

ひとり目は、白髪を短く刈り込んだ初老の男性。

「このフリッツ・フォン・カナリス、五百年の伝統あるカナリス辺境伯家の名に誓って、王国を裏切るような兵は出していないのだが？」

ふたり目は、額がかなり後退した鷲鼻の高齢男性。

「エヴァルト・フォン・ヴィッツレーベン！　カナリス辺境伯に同じく！　ヴィッツレーベン侯爵家の名に誓って、我が兵が王国を裏切ることはない！」

そしてベック公爵が再び口を開く。

「このヴェルナー・フォン・ベックも同じくだ。将軍は、ベック公爵家の名に泥を塗るおつもりかな？」

お三方のことは、名乗るまでもなくこの場の誰もが知っている。

わざわざ名乗って「俺たちの可愛い部下が裏切った？　面白いことを言うじゃねぇか！」って言ってるわけだ。

おお……。怖い怖い………。

さらには、エリアスもこの輪に加わった。

王国に武で名を轟《とどろ》かせる南部四大貴族の当主が全員揃い踏み。

集まった人々の間にただならぬ緊張が漂う中、エリアスが口を開いた。

「カナリス辺境伯とヴィッツレーベン侯爵が百五十人ずつ、ベック公爵が二百人、そして当家は奮発して三百人。合わせて八百人をうちの弟に指揮させて東部の援軍に出したのだが――」

エリアスは将軍の正面に回り、まっすぐその目を見た。

「――誰ひとり帰ってこない。フリートラントは消えてしまったのでな。将軍、これは貴公の判断が誤っていたせいだ。フリートラントにいる者は、全員が内通の共謀者だと貴官は判断し、町へ討伐軍を差し向けた。結果、我らの兵は町とともに消滅した。貴公が判断を誤らなければ、兵たちは町を出ることができたかもしれぬのに……！」

「き、消えたのはハルダーたちの責任だ！　私の責任では――」

「フリートラントには私の弟もいたのだが？」

冷え切った声のエリアス。

まだ誰も帰っていないことに間違いはないが、彼らが全員無事なのはわかっている。そのくせに、よくもここまで真に迫った演技ができるものだ。

我が弟子ながら感心するよ。

おかげでグリュックス将軍は完全に言葉を失っている。

「我らの大切な家臣たちが内通したと断じ、おまけに彼らは帰ってこない。貴公に殺されたようなものではないか？　どう責任を取ってくれる？」

「ち、違う！　私のせいじゃない！」

「責任を取らぬつもりか？　我らは内通という汚名を雪《そそ》がねばならんのだぞ？」

「だ、だから――」

「ならば仕方がない。我らは決闘を以て潔白の証しを立てる！　我ら四人と決闘だ！」

エリアスが言うと、ベック公爵は「やむを得まい」と頷き、ヴィッツレーベン侯爵は「腕が鳴る」と腕まくりし、カナリス辺境伯は「わしが先鋒だぞ⁉」と早くも決闘の順番を主張し始めた。

南部四大貴族の当主はいずれも高名な武人。『魔境ハルツ』からやってくる魔物を食い止め続けている武闘派揃いだ。

そんなのを揃って敵に回したら、命がいくらあっても足りない。

グリュックス将軍も軟弱だとまでは言わないが、「け、決闘……。南部四大貴族と決闘……」と、完全に腰が引けている。

決闘したら、四人に囲まれてなぶり殺しになることは間違いなさそうだ。

将軍が答えられないでいると、四人の話はどんどん過激さを増していく。

「逃げるつもりか将軍？　そうは問屋が卸さんぞ？」

「消えてしまった我が将兵の無念を晴らさねばならん！」

「こうなったら戦支度だ！　将軍の領地に攻め入ろうぞ！　家を挙げての決闘だ！」

「それしかありませんね。さて、如何程用意しましょうか？　当家はそうですね……二千……いや、三千は動員しましょうか？」

エリアスが笑顔で動員兵力を口にし、ベック公爵たちが「うちも三千！」「うちは五千！」「うちは一万」と、オークションの入札みたいに兵隊の数を吊り上げだした。

ついに大臣や軍幹部たちがエリアスやベック公爵たちに思いとどまるように説得を始めたが、まるで効果がない。

それどころか、エリアスとベック公爵がこんなことを言い出した。

「そういえば、王国軍の侵攻で簡単に陥落したのはヘルツベルグ城だけではありませんでしたね？　ラウターベルク砦もです」

「オステローデも危ないものだったぞ？　我々の援軍が間に合ったからよいものの、あのままでは間違いなく兵力不足。陥落していてもおかしくなかった」

「兵力不足？　どこかで聞いたような話ですね？」

「ヘルツベルグ城と同様に、徹底的な調べが必要かもしれん――」

「ああ。それならご心配なく」

「オルブリヒト将軍？　どういうことだろうか？」

「ヘルツベルグ城へ憲兵を派遣したと申しましたが、派遣したのはそれだけではありません。東部守備司令部にも派遣しています」

「なっ……！」

愕然とするグリュックス将軍を、オルブリヒト将軍は一瞥して話を続ける。

「ヘルツベルグ城は東部守備司令部の管轄。下で不祥事があったのだから、当然上も調べねば」

「さすがはオルブリヒト将軍だ。なんと抜け目のない采配《さいはい》ぶりか」

「恐れ入ります……」

和やかに笑う公爵たち。

だがしかし、とてもそんな気分にはなれない者がいた。

グリュックス将軍だ。

「ち、違う……。私は違う…………」

「何が違うんです？」

ボソボソと呟く将軍に、僕は優しく問いかけた。

「どうか落ち着いて。何が違うとおっしゃるんですか？」

「それは……それは……」

「機会は今しかありませんよ？　おっしゃりたいことがあるなら――」

「おいっ！」

玉座のほうから声がかかった。

国王かと思ったが、違う。

近衛騎士団長だ。

えらく厳しい顔で僕――いや、グリュックス将軍をにらんでいる。こちらへ向かいながら「国王陛下の御前にこれ以上騒ぐな！」とか言っている。

僕はすかさず、グリュックス将軍にささやいた。

「将軍、あなたは見捨てられました」

「は……？」

「すべてあなたの責任にされます。そういうことです」

「そ、そんな……！」

「でもご安心を。拾う女神様は見捨てられたものに寛容です。さあ、すべてを告白するんです」

「だ、だが……」

「僕は拾う女神様をお祀りする方法を知っています。僕の言うとおりにすれば何の問題もありません。すべてがうまくいきますよ？」

「ああ……あああああ……」

将軍の心は大いに揺れている。

と、そこに、近衛騎士団長がやってきた。

僕の肩を「グイッ」と摑んで、「もういい加減にしろ！」と叫ぶ。

その力に抗って、グリュックス将軍に向けて呼びかける。

「これがあなたを見捨てる男の顔です！　さあ早く！　口封じされますよ――」

「――私は悪くない!!」

将軍が絶叫する。

「私の指示じゃない！　私は悪くないんだ！」

「こらっ！　止め――」

「おっと！　あなたはここでジッとしてください？」

「くっ！　き、貴様っ！　離せ――！」

近衛騎士団長の肩を「グイッ！」強く摑む。

その影響で、顔が間近に迫った。

「お前……。どこかで……」

騎士団長が訝しげな顔で呟く。

ああ、そうだった。

あなたも一応、僕の若い頃を知っていましたね？

でも、そんなことはもうどうでもいいんです。

さあ、グリュックス将軍の告白が始まりますよ――。

「全部！　全部、近衛騎士団長の指示だ！」

「止めろっ！　黙れっ！」

近衛騎士団長は戒めを解こうと動き回るが、ジークムントも取り押さえることに加勢する。

僕に加えてジークムントに押さえ込まれては、身動きなんぞ取れるわけがない。

それを見たグリュックス将軍は、安堵したような表情を浮かべて話し始めた。

「わ、私は、近衛騎士団長から国王陛下にとりなしてもらい、東部守備司令官にしてもらった！　そ、その礼だと……莫大な謝礼を要求されたんだ！　金が足りないなら横領すればいい！　司令官なら思いのままだと言われたんだ！　だから……、だから予算を横領した！」

「こ、こちらも同じだ！」

今度は憲兵に取り囲まれていたシュナイダー守将も声を上げた。

「私も近衛騎士団長に国王陛下へのとりなしをお願いした！　横領を指示されたのも同じだ！　私も指示があったからやったんだ！」

近衛騎士団長は国王のお気に入り。

前騎士団長が死去した後、彼が近衛騎士団長の地位に就いたのもそれが原因。誰もが眉を顰《ひそ》めるが、公然の事実だ。

その立場を利用して役職を斡旋したとすれば、それは賄賂や売官にほかならない。

大臣や王国軍幹部から怒りの目を近衛騎士団長に向け、口々に「どういうことだ⁉」と糾弾の声を上げる。

まあ、悪いのは近衛騎士団長だけじゃない。

グリュックス将軍やシュナイダー守将にも、同情すべき点など一切ない。この連中は唯々諾々《いいだくだく》と指示に従い、地位と引き換えに違法な行為に手を染めていたのだ。真実を告白したからと言って、その罪が消えるわけじゃない。

でも、こうなったからにはふたりともなんでも話すだろう。

もう歯止めは利かない――。

「内通者の件も近衛騎士団長の指示ですか⁉」

僕が水を向けると、グリュックス将軍は「そうだ！」と答えた。

「内通者のことも近衛騎士団長の指示だ！　横領で予算が減り、十分な兵が配置できなかったから……。責任を追及されて、横領の件まで話が及んでは困るとっ！　内通者のせいにしてしまえば、我々の責任もなかったことにできるのだから、やれと！」

「フリートラントを内通者にした理由は⁉」

「近衛騎士団長の失態を有耶無耶《うやむや》にするためだ！」

「失態？　クラリッサ皇女の暗殺ですか⁉」

「それだけじゃない！　フリートラントへ帝国軍が迫ったとき、近衛騎士団長が指揮した夜襲が失敗した！　フリートラントのハルダーから、敵前逃亡に等しい失態だと責任を問う報告書が届いていたんだ！　奴らを生かして蒸し返されては困ると！　だから……事情を知る者はすべて葬れと！　そう言われた！」

「ヘルツベルグも同じだ！　ハルダー父子がどうつながっているかわからない！　だから捕らえて口を塞げと指示された！　すべては近衛騎士団長の指示だ！」

「フリートラントに詰めていた貴族や騎士の領地に討伐軍を送ったのも、すべて口封じのためですね⁉」

「そうだ！」

近衛騎士団長は「デタラメだ！」と何度も叫ぶが、それを信じる者はいない。

まあ、こんなに必死の告白劇を見せられたらな……。

ベック公爵が、重々しい声で「これで決まりだな……」と口にした。

「我らの家臣はこの痴《し》れ者連中のせいで消えてしまった。さて、責任を取ってもらおうか？」

指を「ゴキバキッ！」と鳴らしてグリュックス将軍に近づく公爵。

謁見の間だから剣を帯びていないが、この人なら素手で殺してしまうかもしれない……。

「ま、ま、待ってくれ！　南部の兵がいると知っていれば討伐の命令など出さなかった！　あなた方と対立するつもりなど毛頭ない！」

「勝手なことを言うものだ。それでは南部の兵以外は討伐してもよかったと聞こえるぞ？」

「そ、そんな――」

「まあ、いいだろう。ならば、命じた者にまず責任を取ってもらうことにしよう」

ベック公爵は狙いを変え、近衛騎士団長に近づいて胸倉を「ガシッ！」と摑んだ。

騎士団長は逃れようと足をジタバタ動かすが、ジークムントにも肩を押さえられているのだ。炎龍の力には敵うはずがない。涼しい顔で身動きを封じられている。

再び、公爵の手が「ゴキゴキバキッ！」と凄まじい音を立て――。

「――ま、待てっ！　待て待てっ！」

と、そこで止めに入る声。

国王だ。

「ヨ、ヨゼフは余が信を寄せる者だぞ⁉　ヨゼフは余が皇太子の頃から忠実に仕えてくれたのだ！　このような告発だけで処罰などできるか⁉」

でしょうね。

国王の周りにいる大臣や王国軍幹部は先王陛下の時代に任じられた人が大半。勝手気ままを聞いてくれる甘い臣下は近衛騎士団長くらいしかいない。

でもね、もう庇うことはできないんだ。

なぜなら――――。

「国王陛下、それはもう無理というものです」

「何だと⁉　余の命令であるぞ⁉」

「人間にどうこうできる問題ではありません。彼らは拾う女神様のお怒りに触れてしまったのですからね……」

そう言って、腰を「コンコン」と叩く。

外套の下に、堅い木の棒のような感触があった。

背中側に差して隠したカドゥケウスだ。

謁見の間に入る時は帯剣こそ許されないものの、身体検査までされるわけじゃない。カドゥケウスみたいに短い杖を隠すくらいわけはなかったよ。

しばらくして、外から轟音が響いた。

ゴガアアアアアアアアアアアアアアアアアアアアアアアアアアッ!!


屋内にいても、鼓膜を破りそうなほどに響く。

大半の者が耳を塞ぎ、ある者は耐え切れずに床に膝をついた。

衛兵にも槍を杖代わりになんとか耐えている者もいる。

「……な、何なのだ？　いったい何の音だ!?　衛兵っ！　どうなっておるか!?」

国王が叫ぶが、すぐに反応できる衛兵はいない。

やがて謁見の間の大扉が開き、ひとりの衛兵がふらつきながら入ってきた。

「ご、ご報告します……」

「何だ!?　何が起こったのだ!?」

「…………龍です」

「何っ!?」

「あ、赤い龍……です…………。炎龍かと思われますっ！」

再びカドゥケウスを「コツコツ」と叩くと、

ゴガアアアアアアアアアアアアアアアアアアアアアアアアアアッ!!

またも響く轟音。

そして、謁見の間の大窓の前に、赤く巨大な影が現れた。


ゴガアアアアアアアアアアアアアアアアアアアアアアアッ!!


轟音――炎龍の咆哮《ほうこう》が窓を揺らし、はめられていたガラスが砕け散る。

悲鳴は上がらない。

誰も彼もが息を飲む。

なんとか口を動かせた者も、パクパクするだけで音が出ない。

「なんということでしょう!」

凍りつく謁見の間で、いくぶん芝居がかった調子で僕は口を開いた。

「拾う女神様の言い伝えにはこうあります。捨てた者がいつまでも見苦しい振る舞いを続け、女神様のお怒りを解さないならば、かの恐るべき炎龍を遣わして、愚かな者どもを焼き尽くすであろう、と
…………」

「や、焼き尽くす……? 余もか? 余も焼き尽くすのか!?」

「そのとおりです」

「なぜだ!? どうして余が焼き尽くされるのだ!? 余は何も捨てていない――」

「陛下は捨てた者を庇っておられます」

「か、庇ってなど――」

「女神様から見れば、同罪かと」

「ば、馬鹿な……」

「東部に炎龍が出現したことはお聞き及びでしょう？　大した被害もなく、一旦は終息したようですが、この時を待っていただけかもしれませんね？」

僕の言葉に応じるように、炎龍が軽く「ガアアアアッ!!」と吼えた。

これは指示していないんだが……。

炎龍――ブルクハルトの奴め、芸が細かいな。

「お、おいっ！　あれを見ろっ！」

王国軍幹部が窓の外――ブルクハルトの背後を指差す。

そこには、王都上空をゆうゆうと飛び交う数多の炎龍の姿が――。

「東部に現れた炎龍は少なくとも数十頭だそうです。その一部か、それとも全部か、王都にやってきたようですね」

誰かが「お、終わりだ……」と呟いた。

「余は御免だぞ!?　余はまだ死にたくないぞ！　どうすればよい!?」

「……ひとつしか方法はありません」

「何だ!?」

「おわかりでしょう？　捨てた者に、きちんと責任を取らせるのです。そして、女神様に許しを乞うのです。それしかありません」

「…………………えよ」

「は？　なんです？」

「その者らを捕らえよ！　憲兵司令官！　その者らを捕らえるのだ！　捕らえて罪を明らかにせよ！」

憲兵司令官が「ははっ！」と応じ、ただちに捕縛を命じた。三人が引き立てられる中、炎龍たちはいつの間にか、どこかへと姿を消してしまった。


その後、近衛騎士団長がグリュックス将軍やシュナイダー守将に多額の謝礼を要求し、横領まで指示した動機が明らかになった。

あの男は国王の歓心を買い、顕職《けんしょく》を得るために、高額の献上品を贈り続けていたのだ。

結果、借金がかさんで首が回らなくなった。

借金を返済するためには、自分の収入だけでは到底足りなかったのだ。

そして、他人に指示しただけでなく、自らも横領に手を染めていた。

侍従武官であったときも、近衛騎士団長に就任した後もだ。

もはや確認する術はないが、亡くなったヴァイトリング前騎士団長は、そのことに気づき僕を主計官に任じて金の流れを徹底的に調べようとしていたに違いない。
僕を横領犯に仕立て上げた人物が、実は横領犯だったとはね……。
えらく遠回りしてしまったが、これで遺志は果たせた。
そう思いたい。

# 第八話　捨てられ騎士と国の名と

春から夏へ向け、好天が続いたある日、ヴァイトリング邸はどこか浮ついた雰囲気の中にあった。

僕もまた食堂でひとりそわそわしていると、「コンコン」と軽く扉が叩かれた。

「ど、どうぞ」

「失礼いたします」

「あ、ああ……。ギュンターか……」

「あの……お忙しかったでしょうか？」

「構わないよ。ひとりで暇していたところだ。入りなさい」

「失礼します」

騎士の礼装をまとったギュンターが部屋に入り、僕の正面に座った。

「いよいよ今日だな……」

「はい……」

「本当によかったのか？　ここに残って……」

一連の出来事は近衛騎士団長、東部守備司令官、ヘルツベルグ城守将らの汚職に端を発する不祥事として処理された。

国王は内々に処理するつもりだったようだが、衆人環視の前での告発劇だ。

人の口に戸は立てられず、王都はこの噂で持ち切りだという。国王はさぞかし面目を失ったことだろう。まあ、それも自業自得だ。

とにもかくにも、フリートラントにいた人々の名誉は回復された。

『魔境ハルツ』に避難した人たちも、もはや帰ろうと思えばいつでも帰ることができる。

ところが、王国に対する不信感がよほど根強いようで、帰った人はごく一部。ギュンターが連れてきた南部諸侯の援軍と避難民、合わせて四千人ほど。時間が経てば帰ることを希望する人も出てくるだろうけど、今のところはこんな感じだ。

ギュンターもこの地に残ることになった。むしろ、後顧の憂いなく残ることができると喜んだくらいで、近衛騎士団へ提出する辞表を笑顔で書いていたものだ。

とはいえ――――。

「僕としてはね、君が残ってくれて嬉しいよ。でもな、君の将来を閉ざしてしまった気がしてならないんだよ」

「先生、私は別に出世を望んいたわけではありません。私は信頼できる方とともに働きたいのです。兄の許しも得ましたし、何も後悔はありません」

「よく言ったなギュンター！」

扉を「バンッ！」と開けて姿を現したのは伯爵家当主の礼装に身を包んだエリアスだ。

ちょっと涙ぐんでいる。

「お前の立派な姿が見ることができて嬉しいぞ！　私の分までアルフレート先生によくお仕えしてく

れ！」

「もちろんです！　お任せください！」

礼装が乱れるのも構わずに抱き合う兄弟。

実に美しい光景で――――。

「ああああああああっ！」

扉のほうから少し怒りを含んだ可愛らしい声。

マリーが頬を膨らませて、「ツカツカツカッ！」とギュンターたちに歩み寄る。

「ブルーメントリット卿⁉　せっかく礼装を整えたんですよ⁉　乱しちゃいけません！」

「す、すまない……」

「伯爵閣下もですよ⁉」

「め、面目ない……」

大の男が二人してマリーに叱られるままになっている。

仕方がないなぁ……。

ここは助け舟を――――。

「アルフレート様も見てないで止めてください！」

「えっ⁉　ぼ、僕も⁉」

「当たり前です！」

こうして三人揃ってマリーに叱られました。

マリーは礼装を整えるのがいかに大変か、礼装が汚れると手直しにどれくらいの時間とお金と手間がかかるかと、それはもう細かく注意する。

普段、家事をしている時よりも相当に気合いが入っているみたいだな……。

まあ、この後のことを考えればそれもやむを得ないんだが——。

「——ですから、万が一にでも染みなんかができてしまったら——」

「あ～……。マリー？」

「——お召し替えするだけでも……、なんですか？　お説教はまだ終わっていませんよ⁉」

「えっと……。ここに来たのって、何か用事があったんじゃ……？」

「え？　…………あっ！　そうでした！」

慌てるマリー。

男性陣のいい加減な礼装の扱いを前に怒りが勝って、肝心の用事が頭から飛んでしまったようだ。

「ご、ご準備が整いました！　皆さん控えの間へお越しください！」

マリーの先導で控えの間へ向かう。

部屋の前にはヴァイトリング家の使用人たちが控えていた。

両開きの扉を、ヘンリックとその妻レオナが左右に分かれて開くと——。

「…………」

言葉を失うギュンター。

視線の先には、エルナとクラリッサに介添えされた花嫁衣装の若い女性がひとり。

ギュンターの恋人。

王都の大衆食堂『北の実《みの》り亭』で看板娘を務めていたレギーナだ。

「…………綺麗《きれい》だ」

「あ、ありがとう……」

花婿と花嫁は、たったそれだけを口にして何も言えなくなる。

実にじれったい。

「ん、んんんっ！」

ヘンリックのわざとらしい咳払いで我に返るふたり。

エリアスがギュンターの背中を押す。

ようやく、花婿と花嫁は互いの手を取り——また再び、互いの姿を見つめたまま無言になる。

お互いの姿に見とれ合っているらしい。

完全にふたりの世界に入っているな……。

一応ね、ここにはね、僕だろ？　エリアスだろ？　案内してきたマリーだろ？　レギーナの介添えをしているエルナとクラリッサだろ？　着付けを手伝っていたヨゼフィーネさんだろ？　使用人のヘンリックとレオナ夫婦に、その娘たち四人だろ？　レギーナの両親だろ？　エリアスの奥さんだろ？

……とまあ、こんな風に親族やら関係者が顔を揃えているんだがね？

「あ〜…………オホンッ！　レギーナ嬢？」

「は、はいっ！　伯爵様！」

いたたまれなくなったエリアスに呼びかけられ、レギーナが慌てて返事をする。

「実に美しい姿だ。我が不肖の弟には過ぎた花嫁と言えよう」

「そ、そんな……」

「弟にはまだまだ至らぬところも多い。よく支えてやってほしい」

「も、もちろんです……」

「そうかしこまることはない。ところで、あなたにはこれまで余計な苦労をかけた。しかし、ここには身分の差をとやかく言う者はいない。あなたと弟は何に妨げられることもなく、大手を振って夫婦でいられる」

「え……？」

「あなたは今日から我が弟の妻、私の義妹なのだからな。どうか義兄と呼んではくれまいか？」

「あなた？　抜け駆けは禁止ですわよ？」

「アレクシア？」

「レギーナさん、わたくしのことも義姉とお呼びくださいませ？」

「はいっ……。お義兄様……お義姉様……！」

涙ぐむレギーナ。

エリアスとその奥さんは「うんうん」と頷き、ギュンターとレギーナの両親は手で目を覆う。

無理もない。

ギュンターとレギーナの恋は波乱続きだったのだから。

なにせ、ブルーメントリット伯爵の弟と町の大衆食堂の娘の恋だ。身分違いも甚だしい。

エリアスをはじめブルーメントリット家の人々はギュンターの恋を応援していたようだが、親族や家臣は他家への体面を気にして反対論も根強かったのだ。

これを説得するため、ある妥協案が出された。

レギーナをどこかの名家へ養女に入れ、その上でギュンターと結婚させる案だ。そうすれば、その家が彼女の後ろ盾となってくれる。文句を言う者の口も封じられるというものだ。

そんな都合の良い家があるのかって？

実はあったんだな、これが。

その家の名を、ヴァイトリング準男爵家という――ってわけで、事は順調に進むかと思われた矢先、ゲラルト・フォン・ヴァイトリング様が急死なされたため、結婚話は棚上げ状態となってしまった。

だが、ギュンターが王国を離れるなら、もう身分差を気にする必要なんてない。

堂々と結婚すればよいのだ。

こうなれば話は早いに限る。

ギュンターはレギーナの元へ赴き、彼女に事情を明かして結婚を申し込んだ。元々一緒になるつもりだったのだ。レギーナに否はない。

彼女の両親も娘と自由に会えなくなることを悲しみながらも、娘の幸せを願って送り出してくれたのだという。

ちなみに、今後彼女の実家である『北の実り亭』には、陰に陽にブルーメントリットッ伯爵家から支援の手が差し伸べられることだろう。ふたりの幸せを前に野暮になるから、エリアスは何も言っていないようだけどね。

さあ、我が弟子の結婚式の幕開けだ！

ギュンターがレギーナの手を取ってヴァイトリング邸の玄関を出ると、そこは結婚式の参列者で埋め尽くされていた。

「せ、先生……。これは……」

「いやぁ……。結婚式に出たい人は自由に集まっていいよって知らせたらこんなことになっちゃってね……」

軽く見積もっても、ざっと千人……いや、二千人くらいは集まっているかもしれない。ギュンターとともにフリートラントで戦った面々や、捨てられた城を住居にしている人々だ。

その中には知った顔がいくつもあった。

ハルダー卿とその奥方。

釈放後に辞表を叩きつけてこっちへ来たホルストさん。

ベンヤミンさんたち職人街の人々。

ぜひとも参列したいと頼み込んできたハンスさん。

ギュンターが結婚するまでは帰らないと言い張ったブルーメントリット伯爵家臣のニクラス。

ニクラスと同じく、せめて中隊長の結婚式を見せてから帰してくれと強引に残っていたギュンター率いる近衛騎士団の一個中隊。

この面々は率先して参列者に花を配ったり、花びらを舞わせたりと、結婚式の盛り上げ役を買って出ていた。

中でもひときわ異彩を放っているのは、参列者を囲むようにずらりと並んだ五十頭近くの炎龍たち。

人間の行う『結婚式』なる行事が如何なるものかと興味津々で、族長のブルクハルト以下、大挙して押しかけてきたのだ。

どうやら人化している参列者に交じっているのもいるようだ。髪が真っ赤だからすぐにそれとわかる。

これは……人化したのも含めれば百頭近くいるんじゃなかろうか？

そんな参列者と炎龍たちとで作られた人垣は一本の道となり、真っ直ぐに拾う女神の祠まで続いていた。

ギュンターとレギーナがその道を歩いて行くと、両側から祝いの言葉と色とりどりの花びらが舞い散る。

そして彼らの向かう先――拾う女神の祠の前には、フィリーネが人化したジークムントとブルクハルトを従えて待ち構えていた。

そういえば、人化したふたりの姿形が見事な好対照で自分の背景にちょうどいいとか何とか言って

いたっけ？　女神の感性は本当にわからん。まあ、なんとなく様にはなっている気がしないでもないんだが。

祝福に溢れた道程を抜けてきたギュンターとレギーナが目の前で立ち止まると、フィリーネは胸を反らし「ウオッホン！」と実にわざとらしい咳払いをして口上を――――。

「よく聞きなさい!?　アタシは拾う女神！　捨てることは大嫌い！　アタシが加護を与えるのよ？　ふたりとも絶対にお互いを大事にしなさい！　いいわね!?　以上！」

ギュンターたちも参列者も、そして僕も呆気に取られる。

フィリーネは「結婚の誓いにくどくどと長い口上なんて必要ないわ！」とか言っていたけど、まさかこれで終わり……!?

…………でもしかし、フィリーネらしいといえばフィリーネらしい。

この女神様に長ったらしい誓いの言葉なんてものは似合わない。

お互い大事に。

これで十分だろう。

最初に笑い声を上げたのは、エリアスの妻アレクシア。

次にハルダー卿の奥方と、女性陣が笑い出し、男性陣もつられて笑い始め、女神の祠前は笑い声に包まれた。

炎龍たちは「何かおかしかったのか？」と頭に疑問符を浮かべていたが、まあ、後から説明しておくか。

これが人間の結婚式の普通だと思い込ませるのも気の毒だし。

それはそうと、彼らにはとても大切な役割があってだな……。僕は急いで、ジークムントとブルクハルトに手を大きく振った。

「む？　もう始めるのか？　ブルクハルトよ」

「わかっている！」

ブルクハルトがサッと片手を上げると、参列していた炎龍たちが一斉に炎の塊をいくつも吐き出した。

「ヒュ――――……………」と長い音を立てて天高く昇っていき――――。

ド――――――――ンッ!!
ド――――――――ンッ!!
ド――――――――ンッ!!
ドド――――――――ンッ!!

――――次々とはじけ、炎でできた祝いの花を、いくつも空に咲かせたのだった。

短すぎる結婚式が終わった後は、盛大な披露宴。広い中庭は文字どおりお祭り騒ぎで、大変な賑わいぶりだ。
人波の向こうのほうでは「ブーケ・トスを始めますよ！」と声が上がり、未婚の女性たちが先を競うように集まっていく。
僕が子どもの頃はこんなのは聞いたことがなかったんだけどね。最近の流行らしい。
レギーナの手から投じられたブーケは目を血走らせる女性陣の頭上を飛び越え、あらぬ方向へ飛んで行き、忙しく給仕をしていたマリーの手の中へ「ストン……」とキレイに落ちていった。
なんか地団駄を踏むような音が聞こえてきたけど……。結婚式がこれだけじゃないんだ。また機会はあるさ……。
会場の端っこで、手酌で静かに葡萄酒を飲みながら、僕はその光景を眺めていた。
《くっそ！　俺様も酒が飲めればよぅ！》
そばのテーブルに立てかけておいたミストルティンが悔しげに愚痴る。せっかくだから結婚式や披露宴を見てみろよと連れてきたのだが、さっきからずっとこんな感じだ。
《ミストルティンよ。酒など飲んでどうする気だ？》
同じくテーブルに立てかけられたエクスカリバーが冷静に答える。
《決まってらぁ！　騒ぎたいのよ！》
《お前はいつも騒いでいると思うが？》
《ひでぇぜ、叔父貴！》
だが、エクスカリバーの意見にはカドゥケウスも同感だったようで、

《主の如き手合いには、酒を飲ませてはならんと思うのじゃ！　いわゆる絡み酒とかいうやつに決まっておる》
《絡み酒ぇ？　何だそりゃ!?》
《この上なくうっとうしき酔っ払いのことなのじゃ！　神々の世界にもいくらでもおったじゃろうが!?》
《あぁん？　楽しそうにどんちゃん騒ぎしている奴ばっかりだったぜ!?》
《だからそれがイカンのじゃ！》
《ふむ……。神々の世界も人の世と変わらぬか……》
エクスカリバーがしみじみと呟くと、人化姿のジークムントが渋い表情でこちらへやってきた。
右手には琥珀色の蒸留酒がなみなみと注がれた杯、左手にはぐったりしたブルクハルトを抱えている。
「うむむ……。酒などろくなものではない……。我輩はそう思うぞ……」
「おい？　ブルクハルトはどうした？」
「白い泡が浮いた黄色の酒があったであろう？」
「麦酒？」
「それだ。ハルダー卿に勧められて一口飲んだだけでこのザマだ」
「ジークムントのそれは？」
「ブルーメントリット伯爵に勧められた。が、ひとなめしただけで危険を察知した。この酒は麦酒以上に危険が危ない」

言葉が少しおかしい。

すでにちょっと酔っているんじゃないか？

顔色は変わっていないいんだが……。

とりあえず、放っておくと危なそうだから取り上げておくと。

素直に手放してくれたのはいいんだが、その後もその手の形のまま突っ立っている。仕方なく、肩を軽く押さえてその場へ座らせた。

《ふむ……。龍は酒精に弱いと耳にしたことはあったが、真実であったか……》

「あれって物語の中の話じゃなかったんだな……。他のは悪酔いしてないだろうな？」

会場を見渡してみると、人化したクレメンティーネが安らかな寝息を立てる赤髪の男女を回収して回っていた。

かわいそうに……。酔う前にひとりだけ取り残されてしまったか……。

人化していない炎龍たちも巨大な体を地に伏している。

《おいおいおい！　情けねぇな！　あんな図体してるクセによ！》

《ほほほほほ！　絡み酒でなかっただけマシと思うことじゃ！》

《うむ。炎龍が暴れてはまずいからな。ところで我が主よ》

「ん？　何？」

《貴公はあの輪に加わらぬのか？》

「あの輪？」

エクスカリバーが言うのは、きっとギュンターとレギーナを囲む人の輪のことだろう。披露宴が始まってからひっきりなしに、色んな人が祝福に訪れている。

「人の流れが少し落ち着いたら僕も行くよ。今行ったらギュンターとレギーナが大変だろう？」

《配慮か？　だがな、あのふたりは我が主にこそ来てほしいと思っているのではないか？》

「そうかな？」

《うむ。間違いない》

「……よしっ！　それじゃあ――」

「アー――ルフッ！」

「おわぁ！　フィ、フィリーネ!?」

立ち上がろうとしたら、でかい杯がとんでもない速さで顔目がけて飛んできた。

何かと思ったら、小さな体を一杯に使って杯を抱えたフィリーネだ。この大きさだと、普通の人間が酒樽を抱えているみたいだ。

杯は度数の高い蒸留酒で一杯に満たされているんだが、平気な顔でグビグビと飲んでいる。

「おいおいおい……。平気なのか……？」

「これで十二杯目！」

「十二！　その小さな体のどこに入るんだよ!?」

「こんなの朝飯前よ！　アルフは飲んでるの!?」

「ああ、うん。いただいているよ」

「ちょっと！　葡萄酒をそんな風にチビチビやるもんじゃないわ！　もっとグイッといきなさい！　樽ごといきなさい！」

「そりゃ無茶ってもんだよ」

「アタシができてるのよ⁉」

「一緒にしないでくれ！」

フィリーネはここを河岸《かし》と定めたようで、時折どこかへ飛んで行っては酒瓶やら料理やらを運んできた。

ついには、蒸留酒で満たされた巨大な酒樽を丸ごと持ち込み、栓を開け――るかと思いきや、蓋ごと外して樽を杯代わりにして飲み始めた。

《あの量を収めながら体に変化なしだと？　これも女神の奇跡か？》

《うらやましいぜ！　俺様もやってみてぇ！》

《どうして酔わんのじゃ！　不思議でならんのじゃ！》

相棒たちが驚く中、フィリーネは実に気持ちの良い飲みっぷりを続ける。

「ぷは～っ！　こりゃたまらんわっ！」

なんて言いつつ豪快に酒樽をあおるフィリーネだったが、その小さな体に対して酒樽が大きすぎる。

バランスを崩してしまい、蒸留酒を「バシャッ！」と豪快にこぼしてしまった。

「うおっ！　かかるじゃないか！　気をつけてくれよ！」

「ああ～！　お酒が～！」

「ちょっと！　僕の心配もしてくれよな！」

「お酒がかかっても死ぬもんじゃないでしょ!?　なにを気にしてるのよ!?」

「そりゃ死なないけど気にするよ！」

「そうかしら？　なんか怪しい気が……」

目を据わらせたフィリーネが、ジリジリと近づいてくる。

「な、なんだよ……？」

「素直に白状しなさい？　何を隠しているの？」

「何も隠してないよ！」

「避け方が大袈裟《おおげさ》だった気がするのよ……」

「は？」

「だから避け方が大袈裟だったの！　お酒を避けるだけにしてはどうもね……。なんだか絶対に濡れたくなかったみたい……」

「は、ははは……。気のせいだよ。飲みすぎでそう見えただけさ」

「…………」

「ははは……」

「そりゃ！」

「ごぶほっ！」

腹部に突撃するフィリーネ。

避け切れず、思いっきり良いところに一撃を食らってしまう。

「出しなさい！　何を隠しているの⁉」

「や、やめて……ゲホゴホッ！」

「うふふふ……。観念なさい？　痛くしないから——って、何これ？」

フィリーネが僕の外套の中から丁寧に折り畳んだ布を引っ張り出す。

抵抗したいが良いところに入りすぎて動けない。

「こんな布を隠すためだったの？　これっていったい……」

そう言いつつ「バサリッ」と布を広げてしまう。

ああ……なんてことだ……。

見つかってしまった……。

「上が緑色で、下が青色……？　この白い人型は……もしかしてアタシの横顔？」

「まだ試作品なんだよ……」

「何の試作品よ？」

「国旗だよ」

「はい？　どこの？」

「ここの？」

「だからここってどこよ⁉」

『魔境ハルツ』に作る僕たちの国だよ!」

フィリーネは「え?」と呟き、ポカンと口を開いた。

「これだけ人も増えたんだ。もう村や町って規模じゃない」

「そ、そりゃそうだけど……」

「ベンヤミンたち職人に頼んで試作を繰り返しているんだよ。さっきも新しい試作品ができたって持ってきてくれてね……」

「あの……」

「ん?」

「どうして……その……アタシの顔…………」

「驚かすつもりで黙ってたんだけどな……」

見られたからには仕方がない。

白状するしかないか……。

「国の名前の案も考えてあるんだ。その名も『フィリーネ・ハルツ国』。ここはフィリーネあってこその国だ。単純な命名だけど、これ以上に相応《ふさわ》しい名前も思いつかないからな。国旗の緑は『魔境ハルツ』の深い森、青は湖……。で、女神の横顔はフィリーネだよ」

「え? え? ほ、本当に? い、いいの?」

「だからこれ以上に相応しい名前もないって僕は思うんだよ。それにさ、国の名に君の名前を入れておけば、国が続くかぎりフィリーネの名を忘れる者はいない。君が自分の名前を忘れることも、もうなくなるだろう？」

「……」

「ん？　どうしたの？　黙っちゃって……」

「……………」

「フィリーネ……さん……？」

黙りこくったままのフィリーネ。

だが――、

「――ありがとう！　アルフ大好き！」

「え……？　ぐふおう………！」

フィリーネが顔面に突撃してきた。

激しい衝撃、そして、酒樽がひっくり返って蒸留酒が盛大にぶちまけられる。

何と勘違いしたのか、こっちを見て「酔っ払いだ！」と笑う声が聞こえる。

「ありがとう！　ありがとう！　あなたは本当に……！　もうありがとう！　大好きだから！」

頬にフィリーネの頭が激しくグリグリされる。

時折、柔らかで温かな心地良い感触もあったような気がしたが、激しいグリグリの前にあっという間に消え去ってしまった。

## 第三回国勢調査

○人口（国民）

・人間（ヒト種）　十七万六千三百十一人

・女神　一柱

・聖剣　一振

・神弓　一張

・神杖　一本

・炎龍　二百一頭

○町村数

・町　二十九か所

・村　二百六十六か所

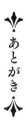

# あとがき

このたびは本作を手に取ってくださり本当にありがとうございます！　そして読者の皆様、お久しぶりです！　もしくは、はじめまして！　作者の和田です！

およそ二年振りになりますが、「捨てられ騎士の逆転記！」第三巻をお届けします！

相当にお久しぶりの新刊となる訳ですが、コミカライズ版もご好評いただいているようでありがたいかぎりです。この場を借りまして、読者の皆様に御礼申し上げます！

そして、本作の書籍化にあたりご尽力いただいた皆様に謝辞を申し上げたいを思います！

今回も書籍化にあたってご尽力くださいました担当のI様をはじめとする一二三書房の皆様。この場を借りてお礼を申し上げます。前巻でも書きましたが、日の目を見ない作品も多い中、続刊していただいた本作は本当に幸せ者です！

そして、今回も素晴らしいイラストを描いてくださったオウカ先生。今回はギュンター、エリアス、ブルクハルト（人化）と、新たにキャラクターデザインを起こしていただきありがとうございました。自分の考え出したキャラクターたちが先生の手により具体的な姿を表すたび、得も言われぬ感動に打ち震えております！　改めてお礼を申し上げます！

また、「捨てられ騎士の逆転記！」コミカライズ版をご担当いただいている絢瀬あとり先生！　コミカライズの作業は何かと大変かと思いますが、今回第三巻の発売にこぎつけたのも、コミカライズ版の好評あってこそと考えております。ありがとうございます！　感謝し切りです！
最後に、本作を手に取ってくださった皆さんに改めて感謝を。本作がさらに続刊する……かどうかはわかりませんが、その際はぜひぜひ！　それではまた！　どこかでお会いしましょう！

令和六年十月某日　和田真尚

# 捨てられ騎士の逆転記！③

～女神と始めた第二の人生は伝説級の英雄だった件～

発 行

2025年 1月15日 初版発行

著 者

和田 真尚

発行人

山崎 篤

発行・発売

株式会社一二三書房

〒101-0003 東京都千代田区一ツ橋 2-4-3 光文恒産ビル

03-3265-1881

印 刷

中央精版印刷株式会社

作品の感想、ファンレターをお待ちしております。

〒101-0003 東京都千代田区一ツ橋 2-4-3 光文恒産ビル

株式会社一二三書房

和田 真尚 先生／オウカ 先生



Printed in Japan, ISBN 978-4-8242-0362-5 C0093

※本書は小説投稿サイト「小説家になろう」（http://syosetu.com/）に

掲載された作品を加筆修正し書籍化したものです。